© 2006 do texto por Pascale Vallin Johansson

Título original: *Kamp*

Primeira publicação em sueco por Rabén & Sjögren, em 2015, Estocolmo, Suécia.

Direitos de edição em língua portuguesa adquiridos por Callis Editora Ltda.

1ª edição, 2018

TEXTO ADEQUADO ÀS REGRAS DO NOVO ACORDO ORTOGRÁFICO DA LÍNGUA PORTUGUESA

Coordenação editorial: Miriam Gabbai

Editora assistente: Áine Menassi

Tradução: Fernanda Sarmatz Åkesson

Preparação de texto: Maria Christina Azevedo

Revisão: Ricardo N. Barreiros

Projeto gráfico e diagramação: Thiago Nieri

Arte de capa: Anna Henriksson

CIP-BRASIL. CATALOGAÇÃO-NA-FONTE

SINDICATO NACIONAL DOS EDITORES DE LIVROS, RJ

---

J63L

Johansson, Pascale Vallin

    Luta / Pascale Vallin Johansson ; tradução Fernanda Sarmatz Åkesson. -

1. ed. - São Paulo : Callis, 2018.

    160 p. ; 23 cm. (Amargi ; 3)

    Tradução de: *Kamp*

    Sequência de: *Fuga*

    ISBN 978-85-454-0056-1

    1. Ficção sueca. 2. Ficção juvenil sueca. I. Åkesson, Fernanda Sarmatz. II. Título. III. Série.

18-49153

CDD: 839.73

CDU: 821.113.6-3

---

Meri Gleice Rodrigues de Souza – Bibliotecária CRB-7/6439

18/04/2018    25/04/2018

ISBN 978-85-454-0056-1

Impresso no Brasil

2018

Callis Editora Ltda.

Rua Oscar Freire, 379, 6º andar • 01426-001 • São Paulo • SP

Tel.: 11 3068-5600 • Fax: 11 3088-3133

www.callis.com.br • vendas@callis.com.br

# PASCALE VALLIN JOHANSSON

# LUTA

Tradução de
**Fernanda Sarmatz Åkesson**

**callis**

# 1

Lo protege os ouvidos com as mãos. O ruído é ensurdecedor e, apesar de cobri-los o máximo possível, ela tem a impressão de que sua cabeça está prestes a explodir. Os estrondos são tremendos e os pinheiros sacodem de tal maneira como se uma terrível tempestade estivesse se aproximando, mas não é bem isso o que está acontecendo, e sim um helicóptero da polícia que procura por eles.

Vidar e Amir também estão sentados debaixo do mesmo pinheiro que Lo e cobrem os ouvidos com as mãos. Eles tinham chegado ali naquela mesma noite, depois de não aguentarem mais correr. Haviam se escondido e adormeceram exaustos. Foram acordados pelo helicóptero voando lá em cima no céu e que podia ser vislumbrado através dos galhos das árvores, antes de desaparecer de vista. Assim que o helicóptero se afasta, Lo tira as mãos dos ouvidos e seca o suor da testa. Impressionante como pode fazer um frio congelante em um dia e um calor abafado no outro.

Tudo o que tinha acontecido na sua vida nos últimos tempos era incrível, inclusive o fato de que a sua própria mãe estava na prisão, acusada de assassinato, e que ela mesma havia sido trancafiada naquele lar adotivo chamado Paz Celestial, onde Gunvor e Gillis utilizavam métodos terríveis de educação. Ela conseguiu escapar de lá, juntamente com Amir e Vidar, que também eram metade anjos, adquiriram asas e tinham a capacidade de voar. Não podia acreditar que a polícia os procurava para mandá-los de volta ao sítio Paz Celestial, mas não é apenas a polícia que está atrás deles, pois há também aquele homem de olhos azuis, só que ele não pretende enviá-los de volta ao lar adotivo. Quer entregá-los à pessoa a quem chama de mestre e ela nem tem coragem de pensar no que esse mestre poderia fazer com eles.

Lo afasta alguns galhos da árvore, para poder ver melhor. O tempo tinha ficado mais claro, iluminando o lago azul de águas paradas, que já não mostra nenhum sinal de gelo. Toda a água voltou ao seu estado líquido. A Igreja de Gelo havia afundado diante de seus olhos ontem à noite, indo parar diretamente no lago. Tinha derretido assim como a pia batismal, que era a entrada deles para se transformarem em anjos. Agora não poderão mais abrir as asas e sair voando. Nunca mais serão anjos novamente.

Como sairão dali? Lo não faz a menor ideia. Se estivessem em Estocolmo, ela facilmente conseguiria se orientar pelas ruas, pelos prédios e túneis. Em qualquer cidade seria mais simples de se esconder do que ali na floresta. Por mais difícil que lhe pareça, ela precisa deixar que um dos outros lhe mostre o caminho.

– Vidar! Agora é a hora de mostrar seus conhecimentos – diz Lo.

Vidar a olha sem compreender.

– O quê?

Lo fica pensando se o garoto é realmente burro ou se ele está apenas tentando encontrar uma resposta. Sua mãe costumava dizer a ela que não deixasse nervosas aquelas pessoas que pareciam ser tímidas. Devia lhes dar tempo para responder, em vez de ficar irritada. Mas, justamente agora, não estavam em situação de sentar e esperar; mesmo assim, ela se esforça em parecer calma.

– Estamos em apuros. Você tem alguma ideia de como sair daqui, sem que a polícia nos pegue?

– Eu... Já participei de uma equipe de buscas algumas vezes... – fala Vidar.

– E aí? – Lo escuta a si mesma, percebendo que a sua tentativa de não demonstrar irritação com o garoto tinha fracassado.

Vidar fica com o rosto muito corado de vergonha e não consegue emitir nenhum som.

– O que você aprendeu participando da equipe de buscas? – pergunta Amir, dando um sorriso de encorajamento para Vidar.

Quando Vidar se vira para Amir, consegue falar praticamente sem gaguejar e explica que quase todos que faziam parte do clube de orientação na floresta costumavam participar da equipe de buscas nas ocasiões em que alguém se perdia na mata. Muitas vezes, eram acompanhados por cães farejadores.

– Os cachorros cheiravam algo que pertencia à pessoa que tinha se perdido – diz Vidar. – Alguma peça de roupa, por exemplo.

– Você não esqueceu nada no carro de Laurentia? – pergunta Lo.

– Não, mas... Já basta eles darem uma farejada no carro – responde Vidar. – Lá dentro, deixamos os nossos rastros.

– Aquela traidora! – exclama Lo. – Laurentia se fez de tonta para nos enganar. Só queria nos trocar por aquele livro velho do Gillis.

– Não acho que tenha sido assim – discorda Amir.

– Mas como se explica que ela tenha chegado do sítio Paz Celestial acompanhada do Gillis, quando veio nos buscar na Igreja de Gelo?

– Ela só estava sendo gentil e ofereceu carona para ele – afirma Amir. – Gillis parecia muito surpreso quando viu que eu e Vidar estávamos indo em direção ao carro e...

– Isso não importa – diz Lo, interrompendo-o. – Agora ela deve estar ajudando a polícia e temos que ir embora daqui.

E virando-se para Vidar:

– Está bem, Vidar, continue. Como vamos escapar?

– Hum... Se atravessarmos o lago, eu acho que os cachorros podem perder o rastro... Sim, depois temos que ir para o lado certo. Eu tenho uma bússola aqui em algum lugar – fala Vidar, remexendo na mochila.

Ao longe, Lo ouve um latido fraco. A equipe de buscas já estava a caminho.

⌒

Vidar está arrependido de ter uma vez desejado que eles se perdessem na floresta, para que pudesse lhes mostrar tudo o que sabia. Agora seu desejo foi atendido e a sensação não é nada boa. A única coisa positiva é que ele não tinha contado sobre o seu desejo para os outros. Lo teria brigado com ele se soubesse e agora ela estava lhe pedindo ajuda. Ela sabe, apesar de tudo, que ele é o mais indicado ali para guiá-los através da floresta. Mesmo Vidar não conhecendo a área, é capaz de se sentir em casa naquele ambiente. A floresta é sua amiga e sempre havia sido assim. Ela o recebe de braços abertos se ele estiver triste, alegre ou zangado, não importando como se sinta, sempre é bem-vindo e consegue a sua ajuda. Os pinheiros lhe avisam dos perigos, evitando que continue em frente. As bétulas lhe mostram outro caminho e o teimoso zimbro o convence a não desistir. Só quando Vidar começou a frequentar a escola é que percebeu que nem todos os colegas conversavam com as árvores. Desde então, manteve esse segredo consigo, para que ninguém implicasse com ele.

Vidar vai na frente, segurando a bússola e parecendo muito profissional. Até poderia acreditar-se que sabe para onde estão se dirigindo. Ele não faz a mínima ideia, mas a bússola o ajuda a manter a direção certa, para que não andem em círculos. Ele pretende ir para o sul, longe da equipe de buscas e dos cães farejadores; mas primeiramente vão se refrescar nas águas do lago. Essa parte do lago é mais larga e tem as águas paradas. Lá do outro lado, há uma porção bem mais estreita a qual alcança as montanhas altas que se erguem em direção ao céu. Não existe nada tão alto assim nas florestas que conhece, mas eles não subirão até o topo, a ideia é de se manterem dentro da floresta mesmo. Porém, precisam se livrar dos seus rastros.

– Tirem os sapatos – fala Vidar, sentando-se em uma das pedras daquela costa rochosa.

Os sapatos dele já estão sujos e desgastados, mas não precisam ficar molhados também.

– E as roupas? – pergunta Amir. – Vamos dobrar as peças e levá-las sobre a cabeça para atravessar o lago?

– Andaremos pela beira – diz Lo, que já estava dentro do lago. – Eles vão achar que nadamos para o outro lado, quando os rastros os trouxerem até aqui.

– Exatamente – concorda Vidar, que gostaria de ter dito aquilo no lugar de Lo e mostrado a ela como era esperto. Ele precisa se apressar para acompanhá-la.

Os garotos entram no lago, um atrás do outro. A água não está tão gelada como tinham imaginado, mas refresca um pouco, mesmo que esteja quase na temperatura ambiente. Amir começa a contar sobre o quarto secreto no porão, lá onde o homem de olhos azuis teve uma reunião com 13 pessoas. Todos possuíam um alfinete de prata em forma de raio preso na roupa. Eles se denominavam Ordem do Raio. Eram juízes, advogados e promotores de Justiça, prontos para fazer qualquer coisa com o objetivo de incriminar pessoas inocentes.

– Eu consegui comprovar a inocência da minha mãe – relata Amir. – Foi uma enfermeira que injetou morfina no bebê prematuro, depois que ele tinha morrido de causas naturais. A enfermeira fez isso só para incriminar a minha mãe; ou melhor, o homem de olhos azuis ordenou que fizesse assim, mas agora a enfermeira começou a se sentir culpada e eles estão com medo de que ela revele a verdade.

— Mas isso é uma novidade fantástica! – Lo afirma. – Dessa maneira, a sua mãe será libertada imediatamente.

— Não é assim tão simples como parece. Eles disseram que iriam prender a enfermeira em um hospital e lhe dariam uma medicação que ela não lembraria nem do próprio nome.

— Que monstros! – exclama Lo.

— Sim, mas pelo menos conseguimos entrar em contato com Stella, que irá contar tudo para Edel, a madrinha de Amir. Assim, ela poderá falar com a enfermeira – conclui Vidar, virando-se.

Ele quase esbarra em Lo, então afasta-se e tropeça. Lo estende a mão, como apoio, para Vidar não cair.

— Eu o assustei? – ela pergunta sorrindo.

— Ah... Não – diz Vidar, virando-se para o outro lado, a fim de que Lo não visse o seu rosto vermelho de vergonha e para se livrar da mão dela sobre o seu braço. Ele ficou com calor no corpo todo quando ela tocou nele. Foi bom e desagradável ao mesmo tempo, uma sensação muito esquisita e nova para ele. Tudo na vida dele tinha virado de ponta-cabeça e mais nada era como antes. Vidar se concentra bastante para ver aonde vai pisar, com o intuito de não resvalar naquelas pedras escorregadias. Ele ignora as risadas de Lo, ela não irá conseguir fazer com que ele se desconcentre mais.

— Eu também estive lá no porão, naquele quarto secreto – diz ela.

— Foi mesmo? – pergunta Amir. – Eu não vi você.

— Acho que nos desencontramos – responde Lo, meio evasiva.

Vidar sabe que ela está escondendo algo, pois tinha saído sozinha sem dizer nada para eles. Depois apareceu junto à Igreja de Gelo que começou a afundar no rio. Onde será que Lo esteve durante o tempo que ele e Amir tinham se transformado em anjos e visto Laurentia ler o livro antigo lá no sítio Paz Celestial? Será que essa história tem alguma relação com a sacola de tecido que Lo tanto protege? Ele deveria lhe perguntar. Não entende por que sente tanta dificuldade em conversar com a garota.

— Você conseguiu descobrir alguma coisa? – Amir pergunta para Lo, antes que Vidar se decida a falar.

– Não muita, além de ficar sabendo que o homem de olhos azuis recebe ordens diretamente do mestre, mas, por onde essa figura anda, não faço a mínima ideia. Gunvor tem amizade com essa gangue.

– Gunvor? – indagam Vidar e Amir ao mesmo tempo.

– Sim, e ela não é apenas uma ótima mãe adotiva – diz Lo ironicamente. – Gunvor também é especialista em incriminar pessoas inocentes. Talvez faça isso com boas intenções, para que os "filhotes de assassinos" se tornem pessoas de bem. Primeiro, ela ajuda a incriminar e condenar as mães por assassinato.

– Mas por quê? – pergunta Vidar. – Não entendo por que escolheram justamente as nossas famílias. Nós não fizemos nenhum mal para eles.

– Não que se saiba – responde Lo. – Talvez tenha sido algo que os nossos pais fizeram antes de nascermos.

– Mas eles estão atrás é de nós – diz Amir. – O homem de olhos azuis afirmava em pensamento que nós devíamos estar a tempo no local de execução. Ele não parece estar atrás dos nossos pais.

– Quem sabe seja a maneira de eles se vingarem. Fomos escolhidos para que... *Shit!* – exclama Lo. – Para dentro da floresta!

– Quê? – pergunta Vidar, continuando a andar com o olhar concentrado no rio.

– Agora! – ordena Lo.

Vidar ouve, então, o ruído fraco das asas rotativas do helicóptero.

Amir se aconchega a Lo, sente-se mais seguro perto dela. Lo levanta com cuidado um dos galhos do pinheiro para poder ver o helicóptero, que está sobrevoando o rio e diminui a velocidade sobre a área. O helicóptero aparenta estar parado no ar, mas se move lentamente em direção ao solo, pouco a pouco. As águas do rio, que corriam tão sossegadas antes, se movimentam com vigor, formando ondas que se espalham para todos os lados.

– Eles vão descer – afirma Lo.

Amir não escuta o que Lo diz, mas pode ler as palavras em seus lábios. O ruído do helicóptero é muito alto. Amir sacode a cabeça, ele sabe que o helicóptero não pode aterrissar diretamente na água, pois iria afundar, já que não possui nenhum flutuador. Não diz nada, uma vez que Lo e Vidar não sabem ler os lábios como ele.

Um compartimento se abre na parte de trás do helicóptero e de lá sai um policial. Em seguida, aparecem vários. Um por um, vão pulando na água. O helicóptero levanta voo e vai embora dali.

– Você vai primeiro – Lo diz, empurrando Vidar. – Temos que sair daqui imediatamente.

Vidar segura a bússola e sai engatinhando por baixo dos galhos da árvore. Amir mantém os olhos nas costas de Lo e, apesar de ele correr o mais rápido possível, vai ficando cada vez mais distante dela. Ele não pode perdê-la de vista, seria a sua desgraça.

Vidar sai correndo na frente, com a bússola nas mãos, mas Amir não o vê. O outro já tinha se afastado bastante.

Quando Amir estava em forma de anjo, ele era tão rápido quanto os outros, não ficava com falta de ar e conseguia voar por muito tempo, mas, na forma humana, os seus poderes físicos não eram lá muito desenvolvidos. Ele nunca praticou esportes ou teve interesse em ser rápido. Ficar deitado no sofá, acompanhado por um bom livro era tudo o que ele queria depois de ter feito as suas tarefas da escola. No entanto, isso não dava boa forma física.

Se a Igreja de Gelo com a pia batismal não houvesse derretido, eles poderiam ter se transformado em anjos. Conseguiriam voar para bem longe dali, subir até o céu, sem que ninguém os visse. E deixariam que as asas os levassem até a prisão onde as mães se encontram. A única coisa que Amir quer fazer agora é deitar a cabeça no colo de sua mãe, sentir a mão suave dela fazer carinho no seu rosto e ouvi-la dizer que tudo vai ficar bem.

Em vez disso, ele está arquejante e seu coração bate com muita força dentro do peito. Seu corpo não irá aguentar o esforço por muito tempo, mas ele tem que ir atrás de Lo. Continuar correndo. Não consegue acreditar que poderá se transformar em anjo novamente, porém precisa crer que a mãe será libertada, que a justiça vencerá, que ele, a mãe e o pai irão se reunir novamente. Se ele acreditar, o universo colaborará para que isso aconteça.

A queda acontece tão de repente que Amir solta um grito. Não consegue segurá-lo. Só espera que os policiais não o tenham escutado. A grama ali é macia e ele acha que nem se machucou, mas, quando vai se levantar, sente muita dor no seu pé esquerdo. O pé tinha ficado preso em um buraco entre algumas raízes de árvore. Se ele ajudar com as mãos, vai conseguir se soltar; mas, apesar de usar de toda a sua força, não consegue. Amir levanta o olhar e espia entre as árvores. Nem sinal de Lo ou de Vidar. Ele está perdido, abandonado nessa imensa floresta, totalmente desprotegido e o grupo de buscas atrás dele não lhe serve de consolo.

Quando ele olha para o topo da montanha, fica cheio de esperanças. Parece que há um par de asas de anjo entalhado nas pedras. Duas asas imensas abertas. Como se fosse um sinal para ele, um sinal de que há esperança.

Um galho estala logo atrás dele. Já estão ali. Não há mais esperança e, quando o sol se esconde por trás das nuvens, as asas de anjo desaparecem. Não passou de uma miragem.

– Como você está? – alguém pergunta em tom de voz muito baixo.

Amir tem tanta certeza de que é a polícia que nem reconhece a voz até que Lo se abaixe perto dele. Vidar se ajoelha ao lado. Eles tinham voltado para ajudá-lo.

– Vocês são bonzinhos – cochicha Amir.

– Mas é claro – responde Vidar em voz baixa, pegando a sua mão. – Nossas vidas estão em nossas mãos. Juntos iremos nos proteger e ajudar. Hoje, amanhã e para sempre.

Amir fica emocionado. Vidar se lembra do juramento de fidelidade proposto por Amir, que fizeram quando decidiram fugir do sítio Paz Celestial.

Lo consegue soltar o pé de Amir e depois ajuda o garoto a se levantar. Ele sente muita dor e faz uma careta.

– Está doendo muito? – Lo pergunta e faz com que ele se apoie melhor nela.

– Acho que torci o pé – responde Amir.

– Logo estará melhor, irmãozinho – diz Lo, fazendo um carinho no rosto dele.

Apesar de sentir muita dor, Amir dá um sorriso. Lo o chamou de irmãozinho e isso o deixou muito contente. Ela nunca tinha feito tal coisa antes e ele espera que o chame assim mais vezes. Amir gostaria muito de ser seu irmão. "Minha irmã", ele pensa, encostando o rosto no ombro dela.

〜 〜

Lo dá apoio a Amir, que vai mancando ao seu lado. Ele se esforça, realmente, para andar mais depressa, apesar de seu pé ferido. É corajoso e vai lutando para se mover naquele solo tão íngreme, sem se importar com os galhos de árvore que batem em seu rosto enquanto eles penetram mais na floresta. Tropeça nos buracos escondidos pelos ramos de bétula, mas segue em frente. Não se queixa uma só vez, mesmo com as dificuldades que enfrenta para subir uma colina e descer pelo outro lado.

Lo tampouco reclama quando o suor escorre pelo seu rosto, sobre seus olhos, para dentro de sua boca e por todo o seu corpo. Não adianta tentar se secar agora. Melhor deixar o suor escorrer e continuar andando para o sul, segundo a indicação da bússola. Nada se pode fazer quanto àquele calor que está ali, assim como a floresta que eles precisam atravessar ainda que com dificuldade.

Amir geme e tropeça, caindo e levando Lo consigo. Quando ela se senta, olha para Amir e vê que o garoto tinha desmaiado.

Vidar apanha a garrafa de água na mochila e respinga no rosto de Amir, que abre os olhos e encara os amigos surpreso.

– Onde estou? – pergunta ele, antes de fechar os olhos novamente.

Lo recosta a cabeça de Amir sobre os seus joelhos. Estende o braço e pega a garrafa das mãos de Vidar. Levanta um pouco a cabeça de Amir e o faz beber água. Ele engole, mas continua de olhos fechados. O estômago de Lo começa a roncar. Eles não tinham comido nada desde que haviam parado no canto da estrada e Laurentia lhes oferecera sanduíches de ovos, quando estavam a caminho da Igreja de Gelo. Fazia uma eternidade. Eles andaram ocupados com outras coisas.

– Precisamos comer alguma coisa, para podermos aguentar – diz Lo.

Vidar olha em sua mochila, encontra uma barra de chocolate e oferece a Lo. Ela aceita, quebra um pedaço e o coloca na boca de Amir. Ele não mastiga o chocolate, mas o suga. Lo também pega um pedaço. O gosto do chocolate se espalha em sua boca e ela logo já se sente mais forte. Amir abre os olhos novamente e olha para ela.

– Desculpe-me por estar estragando tudo – ele resmunga.

– Quieto. Não fale nada. Coma o chocolate – fala Lo e Amir lhe obedece.

Lo sente a presença do lince antes mesmo de vê-lo. Totalmente silencioso, o animal se arrasta sob os galhos das árvores e pressiona seu focinho contra o pescoço de Lo. Ela sente o pelo macio dele entre os seus dedos. Quando ela lhe acaricia o pescoço, ele começa a ronronar. Lo fecha os olhos, apreciando o som e a pelagem sedosa do animal. Quando ela abre os olhos novamente, o lince encosta o seu focinho no nariz dela. Em seu olho esquerdo, ela vê um triângulo branco, que é autoluminoso. O lince dá uma piscada e o triângulo desaparece. Ele solta o ar diretamente no nariz dela antes de sumir na floresta.

Lo inspira o ar do lince e tem a estranha sensação de que algo dele ficou dentro dela. Algo que a torna mais forte, que a enche de esperança. Parece que o pai dela está ali presente, de alguma maneira.

– Entreguem-se! – alguém grita em um megafone. – Vocês estão cercados! Em nada vai ajudar ficarem escondidos!

Vidar olha apavorado para Lo.

– Eles estão tentando nos enganar – diz Lo baixinho para acalmar Vidar. – Dá para ouvir que estão muito longe daqui.

– Eu me sinto melhor agora – declara Amir, sentando-se. – Fiquei com mais energia depois de comer o chocolate.

– Se vocês se entregarem, não serão castigados! – informa a voz no megafone.

– Até parece... – desdenha Lo.

Nada indica que eles seriam tratados com justiça. Tudo pelo que Lo tinha passado nos últimos tempos mostrava exatamente o contrário. Se a polícia os apanhar, irá tudo para o inferno.

Vidar dá apoio a Amir enquanto eles vão atravessando a floresta. É a sua vez de ajudar o amigo. Lo vai levando a mochila e controlando a bússola, que Vidar tinha lhe mostrado como funcionava. Se a flecha apontava para o sul, era nesse sentido que eles deviam continuar.

Eles seguem em um ritmo que Amir possa acompanhar, correm como uma presa sendo perseguida, como o veado que Vidar tinha caçado uma vez. Havia sido somente uma vez e ele nunca mais faria uma coisa daquelas. A lembrança do caçador atirando lhe dava náuseas. O tiro tinha acertado diretamente na testa do animal e, quando se aproximaram, ele vira o buraco entre os olhos abertos e castanhos do veado. O sangue escorria sobre o focinho, que ainda estava quente. O caçador comemorava o abate. Vidar havia se virado para o outro lado e vomitado.

"*Cuá*", eles ouvem um som vindo do alto dos pinheiros.

É a águia, sua égide, sua guia. Lo também olha para cima, guarda a bússola no bolso e segue a águia. Vidar sorri, pois a águia está ali para ajudá-los e eles realmente precisam de ajuda, pois Amir não irá aguentar por muito tempo. Eles têm que encontrar um esconderijo. A águia muda de direção e ele logo percebe isso. Eles não estão mais correndo para o sul, mas sim para o oeste. Quando ele escuta o latido de um cachorro, lembra-se do caçador novamente. O caçador costuma correr junto com o cachorro, perseguindo a presa e empunhando a espingarda carregada.

Chegam ao final da floresta e, à frente deles, um campo aberto se estende. Nesse campo não há nenhuma árvore que lhes dê abrigo. Eles não devem continuar, pois assim podem morrer.

– Pare, Lo – Vidar fala quase sem fôlego.

Lo se vira e olha para ele.

– Você precisa de ajuda com Amir?

– Não podemos correr por ali, o caçador vai nos ver e nos matar.

– É a polícia que está atrás de nós. Eles não atiram em crianças – responde Lo, seguindo a águia.

Vidar hesita, quer continuar dentro da floresta, deixar que as árvores os protejam. Porém, Lo tem razão. Eles não serão mortos, mas, se a polícia os apanhar, vão acabar trancafiados no Paz Celestial novamente e sem a possibilidade de escapar. A bétula à sua frente está um pouco inclinada para o lado, como se desejasse mandá-lo embora da floresta, mostrando a ele que o campo não é tão perigoso assim e que esse é o caminho certo a tomar.

Amir segura o braço de Vidar com força quando eles atravessam o campo. Vão atrás de Lo, seguindo a águia, em direção a uma igreja de madeira sobre a colina.

Lo pressiona a maçaneta da porta de madeira, que não está trancada. Abre a porta e entra na igreja. Vidar e Amir a seguem. Ela fecha a porta e olha pela enorme fechadura que a atravessa. Apanha as suas chaves mestras e tranca-a, rapidamente e com muita facilidade. Facilidade demais. Deve ser muito simples para um policial abrir a porta, mas eles não têm outra escolha. Amir está exausto e precisam deixá-lo descansar um pouco. Se realmente tiverem sorte, nenhum policial os encontrará ali.

Vidar vai com Amir até um banco da igreja. Amir fecha os olhos e se acomoda no banco.

– Amir – sussurra Lo, sacudindo-o com cuidado.

Ele olha para ela e dá um leve sorriso. Vidar entrega um pedaço de chocolate ao garoto. Lo tira o sapato e a meia de Amir. Seu pé está inchado e esse inchaço precisa diminuir para que ele consiga calçar o sapato novamente.

– Vidar – diz Lo –, passe-me uns livros de salmos.

– Nós vamos cantar agora?

– Eu vou apoiar o pé de Amir sobre eles – Lo responde. – É bom manter o pé mais alto.

Vidar vai buscar um punhado de livros de salmos e os coloca sobre o banco da igreja. Lo apoia o pé de Amir sobre eles. Sem Lo precisar pedir, Vidar lhe entrega a garrafa de água. Lo toma alguns goles e passa a garrafa para Amir. Ela olha novamente para o pé do amigo.

— Seria bom se tivéssemos umas ataduras ou algo do tipo – pondera Lo.

— Podemos enfaixar com esparadrapo – diz Vidar, entregando um rolo a Lo. – Talvez mantenha o pé um pouco imobilizado.

— Muito bem, Vidar. Você realmente pensou em tudo na hora de arrumar a mochila – ela fala, dando um sorriso de agradecimento.

— Mas não a sacola de pano... Foi você quem pegou – completa Vidar hesitante.

Ela não tinha contado nada aos outros sobre as tábuas do destino. Vidar observou a sacola de pano e quis perguntar, mas não encontrou coragem para tanto. Ela devia ter percebido e por isso mesmo não tinha tocado no assunto, pois havia algo nele que não lhe agradava. Quando ela vê que ele quer alguma coisa, faz exatamente o contrário. Vidar pode dizer o que pensa, assim como todos os outros, mas ela não facilita em nada para ele. Sempre precisa se esforçar mais se quiser que ela lhe dê alguma resposta.

— O que você fez realmente quando nos deixou sozinhos? – pergunta Vidar de repente e sente seu rosto corar.

— Quando? – questiona Lo, fingindo não entender a pergunta e se concentrando em enfaixar o pé de Amir.

— Você sabe do que estou falando. Quando a Ordem do Raio teve um encontro secreto. Você sumiu e ficou desaparecida por um bom tempo.

— Ah, aquela vez! Eu tinha ido até o sítio Paz Celestial buscar uma coisa – diz Lo, puxando a meia sobre o pé enfaixado de Amir.

— Nós ficamos lá quase o dia todo, enquanto Laurentia lia o livro. Por que você não permaneceu conosco? – insiste Vidar, que parece ter criado um pouco de coragem e fala sem parar.

Lo calça o sapato em Amir, ao mesmo tempo que conta o que realmente aconteceu.

— Talvez tenha sido assim porque eu não estava transformada em anjo, como você e Amir. Eu estava na minha forma humana.

— Forma humana no Paz Celestial? Você é louca? – pergunta Vidar. – Como pôde arriscar tudo assim?

— Arrisquei pelo bem da humanidade – responde Lo, achando que havia exagerado um pouco, mas era essa a verdade. – Se as tábuas do destino forem parar nas mãos do homem de olhos azuis, não vai fazer a menor diferença se tivermos provas da inocência das nossas mães. Será o fim para todos nós.

– Você encontrou as tábuas do destino? – indaga Amir sussurrando ao se sentar. Ele já não está tão pálido e parece mais animado.

– Sim – confirma Lo, em tom de voz baixo, e continua a falar com um jeito teatral. – Mas não diga nada a ninguém.

– Acho que não é hora para piadas – diz Vidar. – As tábuas do destino podem ser muito perigosas se caírem em mãos erradas.

– Agora estão comigo – declara Lo, arrancando a mochila das mãos de Vidar.

– Abram a porta! – uma voz grita de repente e alguém começa a bater com força na porta. – Não há outra saída!

Eles estão encurralados, pois a única saída existente é aquela porta de madeira por onde tinham entrado. A pia batismal em frente ao altar não é feita de gelo como na Igreja de Gelo. Ela está bem firme sobre o chão, entalhada em um tronco de madeira. Seu formato é de tigela, não como o de uma flor aberta, mas talvez seja possível assim mesmo.

– Vidar – diz Lo –, ajude Amir a ir até a pia batismal!

– Quê? – pergunta Vidar sem entender.

– Vejam se conseguem se transformar em anjos.

Vidar ajuda Amir a se aproximar da pia batismal, enquanto espia Lo levar a mochila até a sacristia. Amir coloca suas mãos sobre a pia batismal. Uma neblina leve envolve Amir e o faz desaparecer ao som de um barulho abafado. Tinha funcionado!

Vidar se vira, procurando por Lo. Quando ele a vê saindo da sacristia, coloca as mãos sobre a pia batismal, acreditando ser possível a transformação acontecer, que pode se tornar um anjo. Seu corpo estremece quando as asas voltam a fazer parte dele novamente.

Ao mesmo tempo em que Lo também se transforma em anjo, a porta é aberta violentamente. Dois policiais e um cachorro entram na igreja. Eles observam a sua volta, olhando diretamente para Vidar, Lo e Amir, mas sem vê-los. O cachorro corre de um lado para o outro, farejando. Os policiais procuram por eles e os chamam.

– Apareçam! – grita um dos policiais e seus pensamentos ficam confusos no mesmo instante: "Mas onde eles estão? Eles entraram aqui. Não podem ter apenas desaparecido assim!"

Se a situação toda não fosse tão terrível, Vidar até acharia graça no que estava acontecendo. Ele havia mesmo sonhado com aquilo, desaparecer sem deixar vestígios e ver a reação dos outros, ouvir os seus pensamentos, ficar sabendo o que realmente estavam imaginando. Não é nada fácil interpretar os outros, baseando-se apenas no que dizem. Alguns são ainda mais difíceis que outros. Como Lo, por exemplo. Ela o provoca frequentemente, dizendo coisas desagradáveis para ele, mas, quando se precisa dela, está sempre pronta para ajudar.

Outros policiais vão chegando e entrando pela porta aberta da igreja.

– Olhem na parte dos fundos! – ordena um guarda, que tinha entrado primeiro. – Não parece que estejam aqui.

Alguns policiais saem correndo para fora novamente. Os outros continuam a procurar dentro da igreja. Passam por Vidar, sem nada perceber. Ele está em sua forma de anjo, assim como tinha ficado na Igreja de Gelo. Que sorte que essa pia batismal tinha funcionado exatamente como a outra. Vidar envia um pensamento de gratidão para a águia que lhes tinha mostrado o caminho.

– Não há outra saída – afirma um policial. – Eu vi que eles entraram neste local. Eles devem estar aqui!

– Estamos aqui – diz Lo, dando risada.

– Shh! – recrimina Vidar.

Ninguém consegue ouvi-los quando estão em forma de anjo, o que é muito bom em uma hora como essa, mas desesperador ao quererem falar com alguém, como tinha acontecido com a mãe na prisão. Vidar queria contar para a mãe o que ocorrera e lhe perguntar muitas coisas, como ele sempre costumava fazer, antes que ela fosse levada pela polícia. Nessas horas, ele queria ser apenas humano, mas desse jeito nunca teria conseguido entrar na prisão.

Os policiais continuam a procurar, mais uma vez e no mesmo lugar, apenas para ter certeza e porque não entendem como eles puderam desaparecer.

Lo e Amir estão sobre o altar, dando risada. Vidar não entende o que pode ser assim tão divertido. Os outros dois continuam a rir. Dão gargalhadas e se contorcem todos, até caírem no chão. Eles não caem do altar, mas caem através dele. Quando estão em forma de anjo, atravessam todas as coisas, nada impede a sua passagem a não ser que eles escolham algo que os faça parar. Rir dessa maneira os faz perder o controle. Devem estar aliviados por terem conseguido escapar, por isso estão se comportando de modo estranho.

Vidar está contente por Amir parecer bem. Quando estão em forma de anjo, nada sentem fisicamente, mas os sentimentos ainda se mostram presentes. Raiva e alegria. Pode-se ficar envergonhado também, o que ele gostaria de deixar de sentir. Pelo menos, não sente fome nem calor, o que é muito bom.

– Eles desapareceram sem deixar rastros. Câmbio! – diz um policial em seu *walkie-talkie*. E pensa: "Inferno de vida!"

– Isso é impossível. Câmbio! – responde o outro.

– Eles se trancaram na igreja. E quando chegamos, tinham desaparecido. Câmbio!

– Deve haver outra saída. Câmbio!

– Maldições! – exclama um policial em voz alta, dando um soco na parede. Seus dedos começam a sangrar, mas ele nem se incomoda com isso. "Que inferno!", ele pensa. "Como consegui fracassar dessa maneira?"

– Venha até aqui. Câmbio! – diz a voz no *walkie-talkie*.

O policial aperta o botão e responde que não há outra saída. O sangue dos seus dedos pinga no chão de pedra da igreja, bem abaixo do quadro da imagem de Jesus, parecendo que o sangue está saindo diretamente dali. Como se Jesus estivesse realmente sangrando.

– Você tem que encontrá-los! – ordena a voz no *walkie-talkie*. – Senão, será a sua vez de ser sacrificado na próxima oportunidade.

– Eu irei encontrá-los – responde o policial calmamente. Mas seus pensamentos revelam muita raiva. "Nunca serei sacrificado. Encontrarei aquelas malditas crianças e não serei nada bonzinho."

– Você está só? Câmbio! – pergunta a voz no *walkie-talkie*.

– É o homem dos olhos azuis – diz Lo.

Mas é óbvio! Vidar tinha desconfiado disso, mas só quando Lo falou quem era é que ele reconheceu a voz.

O policial mandou os outros saírem e tinha fechado a porta da igreja.

– Agora estou só – ele confirma.

– Atire se for necessário – diz o homem dos olhos azuis.

Não há dúvida de que é ele e que fará qualquer coisa para impedir que eles continuem soltos.

– Tiros fazem com que colaborem mais – ele continua a dizer no *walkie-talkie*. – Mas precisam estar vivos quando forem entregues. O mestre quer sangue fresco e eles deverão chegar a tempo no lugar, antes do equinócio de primavera. Entendido? Câmbio!

Somente depois que Lo coloca uma das suas asas sobre as costas de Vidar é que ele percebe que estava prendendo a respiração.

– Respire – diz Lo. – Respire fundo... Solte o ar. Mais uma vez!

Vidar sente a respiração tranquila de Lo e começa a respirar no mesmo ritmo. O pavor da morte está passando aos poucos. Lo sabe como acalmá-lo e já fez isso antes, quando o lince tinha aparecido no sítio Paz Celestial pela primeira vez. Ele achou que Lo estava ali para salvá-lo, que ela era o seu anjo salvador. Ele nunca poderia imaginar que se transformariam em anjos de verdade.

– Eles não podem nos machucar quando estamos em forma de anjo – ela afirma. – Estamos seguros agora.

– Mas... e depois? – pergunta Vidar. – Não podemos ser anjos para sempre.

– Não, mas temos 24 horas ainda – responde Lo.

– Na verdade, 23 horas e 50 minutos – diz Amir.

– Sim, sim – concorda Lo, para acabar logo com o assunto.

– O tempo é muito importante! – insiste Amir. – Se ficarmos além desse tempo, nunca mais voltaremos à forma humana.

– Eu prometo controlar o tempo, irmãozinho – responde Lo, fazendo um carinho no rosto de Amir.

Amir fica contente e Vidar acha bonito. Amir deseja realmente ser o irmão mais novo de Lo, mas Vidar não deseja o mesmo, pois ele e Lo têm a mesma idade, apesar de ela tratá-lo como se fosse mais novo. Ele não gosta disso e desejaria que a garota parasse de vez com essa história. Queria que o tratasse de igual para igual, como ela faz às vezes, tal qual tinha acontecido lá na floresta, quando deixou que ele os guiasse.

– Agora, vamos voar! – diz Lo, desaparecendo através do telhado e antes que Vidar tivesse tempo de fazer alguma coisa.

Um policial abre a porta da igreja e respira com dificuldade, está com falta de ar. Um pastor, vestindo uma longa capa preta, acompanha-o.

– Há um túnel secreto debaixo do altar! – afirma o policial.

São as últimas palavras que Vidar escuta antes de levantar voo até o céu. Vai voando sobre o telhado da igreja para bem longe dos policiais, sentindo-se invulnerável, pelo menos por enquanto.

⌒⌒

Amir bate as asas com força, atravessa o céu rápido como uma flecha. Como é bom poder voar! Ele tinha achado que estavam perdidos desta vez. Graças à águia de Vidar, que lhes mostrou o caminho para a igreja, eles conseguiram se transformar em anjos novamente; mas não podem permanecer em forma de anjo para sempre.

– Lo! – diz Amir. – Estou com medo!

– Não tem perigo agora! – ela responde. – Solte-se um pouco!

Lo voa para longe deles, fazendo piruetas em alta velocidade no céu. Depois desse afastamento, ela volta para junto dos garotos com um sorriso no rosto, que Amir acha irresistível. Ele sorri para ela também, mas não consegue parar de pensar no que o homem de olhos azuis tinha dito, sobre o mestre precisar do sangue deles. Isso só pode significar que o mestre pretende matá-los.

– Você não precisa se preocupar – fala Lo. – Quando eu estive na sala secreta, o homem de olhos azuis disse ao juiz que não bastava nos apanhar. O mestre precisa também das tábuas do destino, mas elas estão comigo!

– Onde elas estão?

– Dentro da mochila, lá na sacristia. Eu guardei em um armário cheio de tralhas. Não sabia que os pastores de igreja eram tão bagunceiros como as pessoas comuns – conta Lo, rindo. – Mas eles são.

– Imagine se a polícia encontrar as tábuas do destino?

– Eles estão nos caçando. Por que iriam procurar as tábuas do destino lá? Ninguém imagina que fui eu quem as encontrou.

– Eu não sei – suspira Amir, esperando que Lo tenha razão.

– Confie em mim, irmãozinho! – diz Lo.

– Eu confio – responde Amir e, tendo coragem de dizer em voz alta desta vez, completa –, você é a minha irmã mais velha.

– Muito bem! – aprova Lo. – Mas alguém precisa mudar as tábuas do destino de lugar, antes que o pastor faça uma limpeza no armário. Precisamos falar com Stella, obrigá-la a nos ajudar, mesmo que ela só queira ficar se fazendo de ridícula para os garotos.

Então, Lo continua:

– Quem sabe você pode nos ajudar com isso...

Lo tinha se virado para Vidar, que fica muito corado. Ele move os lábios, mas não consegue emitir nenhum som. Lo dá risada e sai voando novamente. Amir não entende por que ela precisa deixar o garoto envergonhado, mas deve ser essa a intenção dela, implicar com ele. É uma pena, pois Lo é a melhor pessoa do mundo. Porém, deveria ter contado sobre as tábuas do destino desde o início e não ter ido para o Paz Celestial sem dizer nada para eles. Amir voa até ela.

– Por que nos deixa para trás?

– Não podemos ficar parados, temos muito que fazer – Lo responde.

– Eu sei, mas vamos combinar com antecedência, assim todos ficam sabendo o que se tem para fazer.

– Como assim? Não sou eu quem está no comando?

– Por favor, não podemos nos sentar e conversar um pouco? – pergunta Amir.

– Eu só estava brincando – diz Lo, piscando para Amir. – É claro que podemos conversar. Olhe para baixo, é lá que eu quero me sentar.

Eles voam diretamente para um farol vermelho e branco, localizado sobre uma pequena península. Apesar de Lo ter dito que estava brincando, ela não deixa de tomar decisões pelos três. Mas Amir não se importa aonde irão se sentar, desde que consigam conversar desta vez. O farol parece ser um lugar bem legal, pois está lá para ajudar os navios e barcos que passam, a fim de que esses não afundem. Eles também precisam de ajuda para sair dessa situação.

– Por que você desaparece o tempo todo? – pergunta Amir, sentando-se ao lado de Lo, no topo do farol listrado de vermelho e branco.

– Como assim? Estou sentada aqui também e Vidar já vem chegando – diz ela, enquanto o outro aterrissa ao seu lado.

– Quando você tem uma ideia, vai embora sem nos avisar – retruca Amir. – Como naquela vez que você desapareceu do sítio Paz Celestial.

– Eu disse que era para o bem da humanidade...

– Você poderia ter nos contado, não levaria mais que um minuto – Amir a interrompe.

– Está certo – diz Lo. – Seria rápido contar para vocês, mas teria que aguentar os dois falando contra por mil minutos.

– Mas ficaríamos sabendo onde você estava e se eles tinham conseguido apanhá-la.

– Eles não conseguiram. Entrei na casa quando Gunvor e Gillis estavam dormindo. Peguei as tábuas do destino e fui embora – conta Lo, desviando o olhar antes de continuar. – Não teve perigo nenhum.

Amir não acredita nela, mas Lo tinha conseguido escapar e isso era o mais importante.

– Como você encontrou as tábuas do destino? – pergunta Vidar.

– Quando eu estive na sala secreta, ouvi o juiz falar das tábuas do destino como tábuas de argila com arabescos e eu as vira uma vez ao me esconder de Gunvor. Na época, achei que tinha sido uma criança quem tinha feito as tábuas. Foi bem antes de ficar sabendo qualquer coisa sobre tábuas do destino e escrita cuneiforme.

– Onde elas estavam? – pergunta Amir.

– Atrás de uma tapeçaria no *hall*, escondidas em um buraco na parede – responde Lo.

– Uma tapeçaria? Qual? – Amir quer saber.

– Aquela no canto do *hall*. É comprida, estreita, bordada em quatro partes. O mesmo tema, mas com diferentes estações do ano.

– As quatro estações! – grita Amir. – É verdade, então!

– O quê? – pergunta Lo, curiosa.

– Laurentia me contou que sabia que as quatro estações a levariam até as tábuas do destino. Ela achava que era algum sinal, um mistério que precisava solucionar. Ela vai ficar tão feliz quando eu contar tudo para ela!

– Você não vai contar nada a ela! – diz Lo, muito rígida. – Ela é uma traidora.

– Eu não acho, ela pode nos ajudar. Ela sabe...

– Cassandra e Stella irão nos ajudar – Lo o interrompe. – Nelas, podemos confiar. As tábuas do destino, nas mãos erradas, podem ser muito perigosas. Não devemos arriscar, pois nossas vidas dependem delas.

– Você tem razão – concorda Vidar. – Temos que tomar cuidado.

– Eu também acho, mas eles não sabem ler escrita cuneiforme – diz Amir.

– É só olhar no dicionário. Cassandra pode nos ajudar com isso. Até mesmo Stella conseguiria, mas primeiro temos de buscar as tábuas do destino na Igreja de Madeira. E temos pressa! – declara Lo.

Ela se inclina para frente, faz uma pirueta e se vira para cima antes de tocar na água.

– O que vocês estão esperando? – grita ela de longe. – Vamos direto para a casa delas!

Amir suspira e sai voando atrás. No final, sempre acabam fazendo a vontade de Lo, mas ele tem que confessar que não confia tanto em Laurentia como confia em Cassandra. Laurentia parece obcecada pelas tábuas do destino. Será que ela não as tomaria para si caso tivesse a oportunidade? Amir acha que não, mas não tem certeza. Em Cassandra, ele tem plena confiança. Ela faria de tudo para ajudá-los.

Eles chegam e estão sobrevoando o prédio de concreto onde Stella e Cassandra moram. Lo começa a descer primeiro. Amir e Vidar a seguem. Os gerânios, no corredor do lado de fora do apartamento, estão floridos e o pequeno anjo com sementes para os pássaros ainda permanece lá, mas o quadro azul de porcelana, onde estava escrito "Asas de Ariel", não se encontra mais pendurado na porta. Está quebrado, jogado no chão. A porta aberta bate com o vento. O que será que aconteceu?

– Você acha que ele está observando quem entra e quem sai do prédio de Cassandra? – pergunta Vidar.

– Acho que sim – responde Amir.

– Estão fazendo de tudo para saber por onde andamos.

– Eles devem ter muito mais membros na Ordem do Raio do que eu vi naquele porão. Não estou reconhecendo esse homem, nem o policial lá da igreja estava na reunião.

– Talvez a reunião tenha sido só para os chefes.

– Provavelmente, e eles conseguem comandar uma grande quantidade de pessoas.

Vidar tenta afastar seus pensamentos, mas não consegue. A Ordem do Raio está em todos os lugares e quer os apanhar.

– Nunca conseguiremos escapar – diz Vidar em voz alta. – E quando voltarmos à forma humana, seremos pegos e levados ao mestre e...

– Pare! – Amir o interrompe. – Não seja tão pessimista. Vamos voar para o outro lado.

Vidar voa atrás do amigo. Foi bom que Amir o interrompeu. Ele precisa parar de ter pensamentos negativos. Eles não podem desistir! Farão de tudo para conseguir.

Eles voam até uma pequena praça com uma banca de verduras cercada de lojas e restaurantes. Há muitas pessoas por lá. Elas se movimentam mais devagar que o normal, suando e suspirando, por causa do calor. Pensam em como está quente e conversam sobre o assunto. Acham o calor incrível. O sol está escondido atrás das nuvens e, mesmo assim, a temperatura tinha chegado aos 35 °C. O lugar mais quente é o chão, queimando sob os pés.

– O calor vem do centro da Terra – diz um homem de baixa estatura e cabelos ruivos. Sua voz é aguda e alta e ninguém parece ouvi-lo, mas ele continua. – Uma profecia está a caminho de se concretizar. As entranhas da Terra irão esguichar chafarizes ferventes sobre todo o planeta. O fim do mundo se aproxima.

Vidar para de escutar o homem e vê uma mulher pendurar um cartaz com as últimas notícias, que cai em seguida. "Calor caótico" está escrito lá. "Choque quente" está escrito em outro. Vidar se lembra de quando tinha visto alguém pendurar um cartaz com as últimas notícias. Foi quando estavam em Sveg com o grupo de músicos que lhes deu carona. Naquela vez, eram ele, Lo e Amir que estavam nas notícias, como procurados e perigosos. Agora o calor é o perigo da vez.

Amir e Vidar voam até a pizzaria da praça. Está escuro lá dentro e leva um tempo até que Amir se acostume com a escuridão. Então, ele vê Lo, que está lá assistindo televisão. Como ela consegue achar que tem tempo para isso?

– Você não ia procurar? – Amir pergunta para ela.

– Shh! – ela responde. – Olhe agora.

Um meteorologista está falando sobre o calor, apontando aqui e ali, comentando que uma estrela forte e brilhante tinha se aproximado da Terra, fazendo com que as estações no hemisfério norte ficassem desreguladas.

– O homem de olhos azuis havia falado sobre o calor, naquela reunião no porão – diz Amir, sem conseguir mais ficar calado. – Eu não tinha pensado nisso antes. Será que tem alguma relação?

– Isso eu também escutei. Ele disse que o calor iria chegar para valer – Lo relembra. – E que tudo estaria terminado dentro de uma semana.

– E o mestre iria nos levar antes do equinócio de primavera – completa Vidar, com tremor na voz.

– No dia 20 de março – diz Amir.

– Que dia é hoje? – pergunta Lo.

– Hoje é 14 de março – responde Vidar. – É meu aniversário...

– Então, temos ainda uma semana – Lo fala, interrompendo o outro.

– Mais ou menos isso – afirma Amir. – Queria saber se esse calor vai terminar no equinócio ou se ainda vai piorar.

– O homenzinho de cabelos ruivos falou de uma profecia que iria se concretizar, que o mundo acabaria – comenta Vidar. – Mas ele parecia ser louco.

– Acho que ele era mesmo louco – analisa Amir, pensando em como falar para que Lo não fique zangada. – Mas ele tem razão em dizer que algo perigoso está para acontecer. Acho que o calor tem alguma ligação com o fato de que o homem de olhos azuis e a Ordem do Raio nos querem lá com eles antes do equinócio de primavera. Devemos ser muito importantes para eles.

– Sim, o mestre necessita do nosso sangue – diz Lo. – Disso nós já sabemos. Aonde você quer chegar?

Amir respira fundo para se acalmar um pouco. Por que Lo não deixa que ele termine de falar?

– Só quero juntar tudo para tirarmos uma conclusão – diz ele.

– É claro, meu pequeno professor. Fique à vontade!

– Lo, por favor! Quero que você me escute sem me provocar.

– Só estava brincando, irmãozinho – responde Lo, sorrindo para ele. – Eu ouvirei, mas vamos embora daqui, pois tem muito barulho.

Um grupo de rapazes tinha começado a beber e a cantar e não ia parar com aquela atividade tão cedo. Lo, Amir e Vidar saem voando do restaurante e se sentam no telhado do prédio. O sol já está se pondo, colorindo o céu com diferentes nuances de vermelho. Amir observa uma nuvem alaranjada em forma de coração, antes que essa mude a forma para um rosto com a língua para fora. Alguém mostrando a língua para o mestre e para a Ordem do Raio, com a intenção de espantá-los de vez. Se fosse assim tão fácil...

– Ficamos sabendo de muita coisa, mas ainda tem muita coisa que não sabemos – diz Amir. – Se o mestre nos apanhar, não teremos o que fazer.

– Eu roubei as tábuas do destino na cara deles – Lo comenta, fazendo o sinal da vitória com ambas as mãos.

– Foi muita coragem sua – fala Amir, para deixar Lo de bom humor, antes de continuar e dizer o que pretende. – Mas nenhum de nós sabe escrita cuneiforme. Vai levar muito tempo se tentarmos decifrar o que está escrito nas tábuas usando um dicionário. Não são apenas 29 letras como no alfabeto sueco, mas sim uma grande quantidade, centenas delas, com diferentes significados, dependendo da relação que têm com a letra seguinte. Se conseguíssemos descobrir se Laurentia está nos traindo ou não... Se não estiver, ela poderia decifrar as tábuas do destino.

– Está bem, já entendi aonde você quer chegar – Lo o interrompe. – Eu concordo em voar até Laurentia para descobrir se ela é ou não uma traidora. Não temos como falar com Stella agora, de qualquer jeito. Vamos embora de uma vez!

Amir está mais do que preparado e espera ter razão quanto ao fato de Laurentia não ser uma traidora.

Amir não consegue deixar de rir de Laurentia. Além de ela ter as estantes entulhadas de livros, possui tábuas de argila com escrita cuneiforme por todos os lados: em cima da escrivaninha, sobre os livros na estante, apoiadas no sofá e no antigo órgão de pedal. Até mesmo em cima do fogão a gás, na cozinha, há mais uma tábua de argila.

Somente quando Laurentia abre a gaveta da escrivaninha, tirando de lá um pedaço de argila e se pondo a trabalhar nele, é que Amir percebe que ela mesma era quem fazia sozinha as tábuas. A mulher segura uma espátula e vai desenhando com ela sobre a tábua. Ao seu lado, há um dicionário bem grosso de escrita cuneiforme e um caderno de anotações. É o mesmo caderno de anotações que ela tinha usado lá no sítio Paz Celestial, quando havia sido proibida de fotografar. Gillis arrancara o filme da antiga máquina fotográfica ao ver que ela estava tirando fotos. Nunca que Laurentia seria capaz de traí-los por alguém como Gillis.

Laurentia observa seu caderno de anotações com muita atenção, antes de começar a escrever na tábua de argila. Em seguida, confere tudo várias vezes no dicionário de escrita cuneiforme. Compara e olha novamente.

– Eu não compreendo – diz Laurentia em voz alta para si mesma.

E continua a pensar: "No meio do céu, em frente aos olhos em paz. O que isso tem a ver com as quatro estações?"

– Era lá que estavam as tábuas do destino – Amir fala em voz alta, mas ela não consegue escutar o que ele está dizendo.

– Como pode ser assim tão difícil? – Lo comenta. – Elas estavam escondidas atrás de uma tapeçaria, bem na cara dela, quando esteve lá no Paz Celestial.

– Não parece ser muito fácil decifrar a escrita cuneiforme – diz Amir. – Ela entende muito mais que nós.

– Se Laurentia não conseguir, podemos olhar sozinhos no dicionário – sugere Lo.

– Iria demorar muito – analisa Amir. – Ela entende muito mais que nós.

– Não parece – retruca Lo. – Eu acho melhor ir embora daqui.

– Espere só mais um pouquinho – insiste Amir calmamente, apesar de se sentir nervoso com a impaciência de Lo.

– Está bem – concorda Lo gemendo e afundando no sofá. – Vou dar dez minutos para ela, depois vamos embora.

Será que Amir poderia ajudar Laurentia? Se ele pudesse transmitir seus próprios pensamentos para a mente dela. Não custa nada tentar. Ele se concentra, pensando no Paz Celestial como resposta. Em seguida, ouve Laurentia dizer:

– Eu fiquei tão feliz quando encontrei a passagem sobre as quatro estações no livro de Alice. Eu tinha certeza de que era uma pista importante. Mas o que Alice quer dizer com "No meio do céu, em frente aos olhos em paz"?

Amir pensa novamente no sítio Paz Celestial. De repente, o rosto de Laurentia se ilumina.

– Paz Celestial! – ela exclama.

E segue pensando: "Mas é claro que está em frente aos olhos no sítio Paz Celestial! Será que quer dizer que as tábuas do destino se encontram lá? Bem em frente aos olhos?"

– Está vendo, agora? Ela mesma adivinhou – diz Amir para Lo, sem contar para a amiga que havia tentado transmitir seus pensamentos para Laurentia. Talvez a mulher tenha entendido sozinha, então ele não precisa se preocupar por ter mentido para Lo.

– Muito bem – Lo afirma. – Agora ela sabe o que está fazendo.

Eles continuam a escutar os pensamentos de Laurentia: "Se Gillis tivesse me vendido o livro de Alice, eu com certeza conseguiria descobrir mais pistas, mas não há preço para o valor sentimental do livro, como ele disse. Pertencia à avó dele e não queria vendê-lo. Se toda aquela confusão com as crianças não tivesse interrompido a nossa conversa, talvez tivéssemos chegado a um acordo, mas Gillis estava obcecado em apanhá-los. Coitadinhos! Não consigo parar de pensar neles. Se eu soubesse, poderia tê-los ajudado. No entanto, por que voltaram para lá depois de conseguir escapar? Espero que eles estejam em segurança agora."

– Devem estar – fala Laurentia em voz alta, como se estivesse tentando convencer a si mesma, para poder se concentrar na escrita cuneiforme.

– Está comprovado agora? – pergunta Amir para Lo.

– Parece que sim – ela responde. – Agora só falta um pequeno detalhe. Temos que falar com Laurentia, para que possa nos ajudar.

– Stella pode estar em qualquer lugar – diz Vidar.

– Verdade, é capaz de demorar até que ela seja encontrada – Lo conclui. – Nós teremos que resolver isso sozinhos.

– Mas como? – indaga Amir.

– Vamos dar uma olhada na igreja mais próxima e ver se a pia batismal também funciona lá – Lo sugere como se fosse a coisa mais fácil do mundo.

Amir nem tinha pensado nisso. Imagine se eles pudessem se transformar novamente em humanos em qualquer pia batismal. Seria algo fantástico!

– Você acha que dará certo? – pergunta Vidar, olhando para Lo.

– Não sei, mas não custa tentar.

É verdade e Amir tinha visto uma igreja quando estavam a caminho da casa de Laurentia. Tomara!

~ ~

Lo olha espantada ao redor do pequeno porão. Ela tinha entrado na igreja pelo lado errado, mas, mesmo assim, fica parada ali por um instante. Todo o local está cheio de objetos dourados. Baús lindamente decorados com figuras de querubins. Cassandra adoraria esse lugar. Os querubins são muito bem feitos, cada um com um rosto diferente do outro. Três deles estão muito juntos, como se tivessem alguma ligação. Três anjos juntos.

Cassandra diria que aquilo era um sinal, que os anjos estariam lhe mostrando algo significativo, mas ela via sinais em tudo, até nas mínimas coisas.

É claro que Lo vai fazer isso junto com Amir e Vidar, mas se ela precisa executar alguma coisa sozinha, nada a detém. Sabe o que é melhor e ninguém vai dizer isso a ela.

No andar de cima, sobre o porão, fica a igreja. Lá na frente, à direita do altar, há uma imensa pia batismal feita de pedra. Gelo e madeira tinham funcionado bem, portanto pedra deveria servir também. A pia funciona e ela se transforma em pessoa novamente. Todas as pias batismais devem fazer a mesma coisa, só que ela não tinha entendido isso desde o início. Poderiam ter se livrado daquela caminhada horrorosa na

34

floresta, mas pelo menos agora não precisam mais retornar aos arredores do sítio Paz Celestial para se transformarem e ainda correr o risco de serem apanhados.

– Deus, agradeço muito por isso – diz Lo, dando uma risadinha ao perceber o que tinha dito. Talvez Deus fique achando que é crente agora. – Não acredito em Deus no céu – ela fala e acrescenta –, nem no inferno.

Amir e Vidar não estão ali com ela. Aliás, eles estão sim, pois tem alguém tentando ler os seus pensamentos.

– Eu sabia que você ia tentar, Vidar! – diz Lo. – Agora pode parar.

– Não foi de propósito – responde Vidar, ainda em sua forma de anjo.

– É claro que não – Lo ironiza.

– É verdade – afirma Amir, que também ainda está em forma de anjo. – Eu só precisei olhar para você, que seus pensamentos vieram até mim.

– É só decidir não ouvir – rebate Lo. – Ou vocês ainda não aprenderam?

Lo não se preocupa em ficar aguardando por uma resposta. Coloca as mãos sobre a pia e volta para junto dos outros. Ela não quer ser humana enquanto Amir e Vidar estiverem ao seu lado em forma de anjos, podendo escutar tudo o que pensa. A garota tem muitos pensamentos que quer guardar para si mesma, coisas que não tem nada a ver com eles.

～ ～

O coração de Amir bate com mais força quando ele abre a porta da igreja e sai para a rua. Parece que todas as pessoas estão olhando para ele e o reconhecendo como o garoto fugitivo. A qualquer momento, alguém pode chamar a polícia. Por que ele não pensou melhor? Aí, não ia precisar ficar ali tremendo de medo. Ele não é nenhum herói, só é um garoto covarde mesmo. Como a sua forma de anjo o fizera pensar de outra maneira? Por que tinha se oferecido a voltar para a sua forma humana e ir ao encontro de Laurentia pedir ajuda, se Lo poderia ter feito isso no lugar dele?

– Vamos trocar, então – diz Lo, agora em forma de anjo e voando sobre ele.

– O quê? – pergunta Amir, antes de se lembrar de que Lo e Vidar conseguem ler seus pensamentos. Como ele tinha conseguido se esquecer de uma coisa dessas?

Eles tinham entrado em acordo que o mais sensato seria que apenas um deles fosse atrás de ajuda, usando a sua forma humana. Amir havia se oferecido para realizar a tarefa, já que ele conhecia Laurentia melhor. Lo e Vidar voam acima dele e podem avisá-lo se aparecer algo suspeito.

35

Vidar sente vergonha por não ter se oferecido para ir até a casa de Laurentia no lugar de Amir, pois é mais velho que ele e devia ter levado em consideração que o garoto estava machucado. Amir não é nenhum menino bobo e covarde, mas ele sim. Está protegido em sua forma de anjo, enquanto Amir encontra-se desmaiado do lado de fora do apartamento de Laurentia. O rosto do garoto está muito pálido e ele respira com dificuldade. Por que ela não aparece e abre a porta? Vidar não quer deixar Amir ali, mas precisa ir ver o que Laurentia está fazendo.

Laurentia sai do banheiro e ele escuta a descarga. Ela não deve ter ouvido quando Amir tocou a campainha. Como ele vai fazer para que ela vá até o corredor?

– O que Amir está fazendo? – pergunta Lo, voando para o lado de Vidar. – Por que ele não toca a campainha de novo?

– Ele desmaiou. Nós nunca devíamos ter deixado Amir vir. Ele precisa ir para o hospital de uma vez...

– Você sabe muito bem que não dá – Lo o interrompe. – Laurentia irá ajudá-lo, ela já está de saída.

Finalmente, Laurentia calça os sapatos, apanha as chaves penduradas no gancho na parede e tenta abrir a porta, mas não consegue. Amir geme um pouco. Lo levanta voo, atravessa a porta e sai no corredor.

– Com licença – diz Laurentia. – Há alguém aí?

Amir não responde, mas geme mais alto e Laurentia compreende que tem alguém do outro lado. Ela empurra a porta com cuidado e olha para fora.

– É você, Amir? – pergunta ela surpresa. – O que aconteceu?

Lo se senta no chão e parece estar protegendo Amir com suas asas.

– Não se preocupe – ela fala. – Vai dar tudo certo.

Lo não é tão egoísta como Vidar tinha achado. Ela realmente se preocupa com Amir e esse sentimento parece fortalecer o garoto. Amir abre os olhos e estende a mão para Laurentia, que se abaixa ao seu lado.

– Por favor, ajude-me – diz ele, desmaiando novamente.

⁓

Vidar respira aliviado. Laurentia sabe tomar resoluções e não é nenhuma intelectual que não entende do lado prático da vida. Ela já trabalhou como empregada em uma fazenda e motorista de caminhão, portanto tinha outros conhecimentos além dos de pesquisadora. Amir já tomou um analgésico e Laurentia colocou um saco de gelo sobre o seu pé machucado, para diminuir o inchaço.

O garoto está bem acomodado no sofá, bebendo leite com mel e comendo um sanduíche de queijo. A cor voltou ao seu rosto e ele não parece estar mais com tanta dor.

– Como você está? – pergunta Laurentia.

– Bem melhor – responde Amir, endireitando-se. – Muito obrigado pela ajuda.

– Não tem de quê – diz ela, colocando a mão sobre o ombro de Amir, antes de continuar. – Sinto muito por ter deixado que Gillis fosse junto, foi errado da minha parte. Eu fiquei muito arrependida.

– A culpa não é sua, você não sabia. Por que Gillis foi com você?

– Ele ia buscar o carro no centro da cidade, portanto eu não podia negar uma carona sem parecer grosseira. Eu nada disse sobre pegar umas crianças, até que paramos na entrada da Igreja de Gelo. Quando ele viu que você e Vidar caminhavam em nossa direção, perguntou o que os pequenos marginais queriam comigo. Ele não gostou dos penteados e das roupas que vocês usavam, mas, ao se aproximarem, reconheceu-os, ficou furioso e gritou: "Essas malditas crianças se fantasiaram!" E, então, ele desceu do carro e correu atrás de vocês. Eu fiquei sem entender nada, mas o segui para descobrir o que estava acontecendo. Quando ele os perdeu de vista, pediu-me para levá-lo até a delegacia. No caminho até lá, contou-me que vocês eram procurados e que tinham fugido do sítio. Eu falei o menos possível e disse que recolhera vocês na estrada, porque pediam carona. Se eu tivesse morado no sítio Paz Celestial, também fugiria. Nem ele nem a esposa parecem ser pessoas boas.

– Não são mesmo – afirma Amir, contando como eram tratados no lar adotivo, sobre os métodos de educação utilizados, que tinham ficado presos em um *bunker*, sem água nem comida, e que Gunvor os chamara de filhotes de assassinos. – Isso não se faz! Mesmo que as nossas mães fossem culpadas dos assassinatos, não se chama crianças de filhotes de assassinos.

– Então, elas são inocentes? – pergunta Laurentia. – Eu não fiquei sabendo disso pela polícia, só me disseram que as mães estão presas por assassinato.

– Elas não mataram ninguém. Nem a minha mãe nem as mães de Lo e Vidar.

– Mas o que foi feito dos outros dois?

– Eles também estão aqui, só que em forma de anj...

– Pare! – Lo grita com muita vontade.

Amir estremece.

– Nós íamos contar para Laurentia – diz ele em voz alta.

– Sim, íamos contar sobre o mestre, mas não que somos anjos. Ela, como pesquisadora, vai achar que você está louco e pare de falar comigo. Pense melhor no que vai responder.

– Quero que Laurentia fique sabendo de tudo, caso contrário não vai poder nos ajudar – retruca Amir.

– Conte-me – pede Laurentia, que não percebe que Amir está falando com outra pessoa. – Estou pronta para ouvir.

– Lo disse que você vai me achar louco se eu contar a verdade.

– Eu já sou tão velha que não tem muita coisa que eu não entenda. Chamar uma pessoa de louca, somente porque ela vê o mundo de outra maneira, não é do meu feitio. Fique à vontade, que sou toda ouvidos.

– Agora você está vendo? – pergunta Amir para Lo.

– Eu concordo com Amir – declara Vidar, aproveitando para apoiar o amigo. – É bom ela saber que somos anjos.

– Está bem – Lo se rende, suspirando.

– Obrigado – diz Amir.

E virando-se para Laurentia:

– Lo e Vidar também estão aqui, mas eles estão em forma de anjo agora.

– Anjos? – pergunta Laurentia. – Você quer dizer aqueles com asas?

– Sim, eu sei que parece esquisito. Vou contar tudo desde o início, para você entender melhor.

Amir começa a contar sobre todas as pistas que os animais protetores tinham lhes deixado, que depois haviam ido para a Igreja de Gelo e se transformado em anjos, ao colocarem as mãos sobre a pia batismal.

– Pia batismal. Um tanque com água, destinado ao batismo, aos primeiros sacramentos... – diz Laurentia, logo interrompendo a si mesma. – Desculpe, posso ser um tanto eloquente quando fico presa aos meus pensamentos. Você, realmente, quer dizer que são anjos?

– Sim – responde Amir. – E é maravilhoso poder voar!

– Fenomenal! – exclama Laurentia, pulando da cadeira. – Na falta de asas, dou um salto de alegria para ter vento debaixo dos pés. Obrigada por me contar, Amir. Obrigada também a vocês, Lo e Vidar!

Laurentia olha para cima, tentando vê-los.

– Eles são invisíveis – diz Amir. – Sempre ficamos invisíveis quando nos transformamos em anjos.

– Fale para ela que estamos sentados no sofá – propõe Vidar para Amir, que lhe obedece.

– Mas você os enxerga? – pergunta Laurentia.

– Não, mas eu consigo falar com eles.

– Anjos têm aparecido como tema por toda a eternidade e eu nunca pensei neles como algo real, mas apenas simbólico.

– Exatamente como no caso das quatro estações – diz Amir. – Não é apenas simbólico como você acha. Há uma tapeçaria com o tema no sítio Paz Celestial e, atrás dela, em um buraco na parede, estavam as tábuas do destino.

– O quê? – pergunta Laurentia, afundando na cadeira. – O que você está dizendo? As tábuas do destino estavam lá quando eu fui até o Paz Celestial? E agora estão desaparecidas?

– Não estão desaparecidas, nós as encontramos – diz Amir, muito orgulhoso.

– Ei! Fui eu quem as encontrou – reclama Lo.

– Quis dizer que elas estão conosco. Foi Lo quem as encontrou.

"Não pode ser verdade", pensa Laurentia. "Ou eles foram mandados para cá com o objetivo de me ajudar a salvar o mundo da maldade? Mas eles são muito jovens para se envolverem com essas coisas terríveis. Não posso contar a Amir sobre a profecia."

Vidar relata a Amir o que Laurentia tinha acabado de pensar, para que o amigo a faça dizer toda a verdade.

– Deve ter sido o destino que nos aproximou – diz Amir. – Eu acho que... ou melhor, nós achamos que possa haver uma profecia. Alguma coisa terrível que irá acontecer no equinócio de primavera...

– Não pode ser! – Laurentia o interrompe. – Falta assim tão pouco? Como vocês ficaram sabendo disso?

Amir conta tudo o que sabe sobre o homem de olhos azuis e a Ordem do Raio.

– Então, vocês acham que eles conseguiram fazer com que as mães fossem condenadas por assassinato e os pais desaparecessem, com o intuito de os mandarem para um lar adotivo? – indaga Laurentia, muito pensativa. – E tudo isso para vocês ficarem à disposição do mestre no equinócio de primavera. Vocês devem significar muito.

Amir escuta as palavras de Laurentia e percebe como tudo parece uma loucura, algo inacreditável, como se eles tivessem mania de grandeza. O que pode dizer para que ela acredite nele?

– Ela já está acreditando em você – diz Lo. – Só está um pouco insegura em como interpretar a história toda.

É bom que os outros escutem os pensamentos de Laurentia, apesar de que, no momento, parece um pouco injusto e até desleal, pois é Amir quem está ali falando e ela não sabe que os outros conseguem ler seus pensamentos. Ela deveria ficar sabendo.

– Mas não agora. Ela está pronta para começar a falar – Lo observa.

Amir deixa a mulher fazer seu relato. Laurentia vem procurando as tábuas do destino havia uma eternidade, como ela mesma diz. Ela conta também sobre uma história complicada, de como tinha encontrado as primeiras indicações no livro de Alice Glas. Quando ela finalmente chega à parte importante, Amir já está prestes a se perder, mas as palavras fortes que ouve o fazem voltar à realidade.

– A profecia diz que a maldade pode transformar a Terra em um inferno. Há 5 mil anos, o gigante Imdugud tentou roubar as tábuas do destino, foi impedido e desapareceu para dentro da terra. Uma pluma foi a causa do fracasso do roubo dele, mas ninguém sabe o que realmente aconteceu. Imdugud foi amaldiçoado e obrigado a permanecer debaixo da terra por 5 mil anos. Parece uma eternidade, mas agora esse tempo já passou. O gigante está a caminho da superfície para roubar as tábuas do destino novamente. O mestre, esse que está atrás de vocês, pode ser o gigante Imdugud. Mas por que precisam de vocês?

– Tem alguma relação com o nosso sangue – conta Amir. – O mestre precisa dele de alguma forma.

– Não pode ser verdade – Laurentia fala e se cala imediatamente.

Amir espera e a deixa buscar as palavras certas. Ela olha em seu caderno de anotações, como se tentasse encontrar algo, mas está apenas tentando ganhar tempo...

– Não posso arriscar as suas vidas... – ela começa a dizer, mas Amir a interrompe.

– Nossas vidas já correm perigo – afirma ele. – Não temos escolha.

– Foi isso o que o seu pai disse também, antes de desaparecer. "Eu não tenho escolha", foram as palavras exatas dele. Ele foi a única pessoa para quem eu contei sobre Imdugud, além de vocês. A maioria me chamaria de louca se soubesse que eu acredito nessa história. Apesar de que a maior parte das pessoas na Biblioteca Nacional já acha que eu sou louca mesmo. Rafael era diferente.

Amir não quer falar sobre o seu pai, tampouco quer pensar nele. O melhor é fazer o que os levou até ali.

– Você precisa buscar as tábuas do destino e interpretá-las – diz Amir. – De uma vez, porque não temos tempo a perder.

– Você tem razão, não devemos esperar mais. Onde elas estão? – pergunta Laurentia.

– Na Igreja de Madeira, que fica longe do sítio Paz Celestial.

– Mas exatamente onde vocês as esconderam?

– Em um... – fala Amir, mas é interrompido por Lo.

– Não conte. Ela está pensando em pegar as tábuas do destino e nos deixar de fora. Para nos proteger.

– Lo e Vidar conseguem ouvir seus pensamentos – confessa Amir, porque quer que Laurentia entenda que ela não pode dizer uma coisa e pensar outra.

– Como é? – ela pergunta.

– Foi o que eu disse. Lo e Vidar escutam os seus pensamentos. Você não vai conseguir esconder nada nem que seja para nos proteger, deixando-nos de fora. Se contarmos onde as tábuas do destino estão, você deve ser completamente honesta conosco.

– Peço perdão – Laurentia se rende. – De agora em diante, prometo ser honesta. Vocês podem confiar em mim.

– Ótimo! – diz Lo. – Mas ela não pode ficar sabendo onde as tábuas estão escondidas. Vamos voar até lá e só mostraremos quando ela chegar. Mas, primeiro, você vai telefonar para a sua madrinha.

– Mas a Ordem do Raio grampeou o telefone dela – declara Amir, sem entender onde Lo pretende chegar.

– Exatamente, podemos fazer uso disso também – Lo sugere. – Diga que estamos a caminho da França, que pegamos carona...

– Não vou fazer isso – retruca Amir. – Vidar pediu que Stella dissesse que estávamos no exterior, na última vez em que estivemos em Estocolmo, então acho que eles não vão cair nessa de novo, só ficarão desconfiados. Não precisamos exagerar. O mais importante é que a Ordem do Raio ache que estamos longe da Igreja de Madeira, para que não fiquem por perto e nos procurem.

Quando Amir telefona para Edel, ela atende diretamente e fica muito feliz em ouvir a voz dele, mas mostra-se preocupada.

– Como você está? – ela pergunta.

– Tudo bem. Conseguimos escapar e pegamos carona com um motorista de caminhão. Nós já...

– Não diga onde você está – Edel o interrompe.

– Só queria dizer que nós já estamos longe e bem, não precisa se preocupar.

– Tenham cuidado.

– Nós teremos. Tchau!

Ele desliga o telefone antes que Edel tenha tempo de dizer mais alguma coisa.

Laurentia e Amir saem cuidadosamente pela parte dos fundos. Ela insistiu em ajudá-lo, mesmo sabendo que o pé dele já melhorou bastante, depois de o ter tratado e lhe dado analgésicos. É bom para ele se apoiar nela. Lo e Vidar estão de guarda e avisarão se perceberem algo suspeito, mas é desagradável ficar andando pelas ruas vazias. Quase pior do que quando ele tinha ido até Laurentia e as ruas estavam cheias de pessoas. Se alguém viesse na direção deles, ele não passaria despercebido. Amir solta um gemido, pois havia se distraído e apoiado o pé no chão com força. Ele se apoia com mais firmeza em Laurentia. Sorte que estão muito perto de uma igreja, pois logo poderá se transformar em anjo e não irá mais sentir dor no pé.

O suor escorre pelo seu corpo. É óbvio que o calor vem do solo, o asfalto está fervendo. Imagine se for mesmo como o homenzinho de cabelos vermelhos tinha dito: que as entranhas da Terra irão esguichar como se fossem fontes ferventes. Ele não quer mais pensar nisso e desvia o olhar para o telhado do prédio.

O sol está se erguendo, mas a lua ainda se demora no céu, parecendo maior agora. Só faltam alguns dias para a lua cheia. E poucos dias para o equinócio de primavera.

Lo, Amir e Vidar estão sentados no telhado do prédio do terminal de voos domésticos do Aeroporto de Arlanda. Eles observam o avião acelerar e levantar voo. Tinham seguido Laurentia até ali e agora ela estava viajando com outro nome para Kiruna. Havia também reservado uma cabana bem perto da Igreja de Madeira, com nome falso. Todas essas precauções eram para que a Ordem do Raio não conseguisse encontrá-la. Eles provavelmente acham que Laurentia ainda permanece em casa, se a mulher que estava de guarda no carro não se cansou e entrou no prédio para verificar.

– Que bom não sentir dor. Nessas horas queria ser anjo para sempre – diz Amir.

Lo concorda com ele, mesmo não estando ferida. Tudo fica melhor quando ela está em sua forma de anjo. Pode ir a todos os lugares, ler os pensamentos dos outros e ninguém a persegue. Se conseguissem se comunicar com as pessoas, tudo ficaria perfeito.

– É bom você poder descansar o pé – observa Lo.

– Isso aqui é tão legal! – exclama Amir, voando sobre o aeroporto.

Lo vai atrás dele, pega a sua mão e o leva para um voo em alta velocidade no céu. Eles dão risadas, giram, fazem piruetas, vão em direção ao solo e mudam de sentido dando cambalhotas acima do telhado do terminal. Lo poderia continuar assim por toda a vida, se não fosse pelo chato do Vidar, que lhes pede para pararem.

– O que vocês estão fazendo?

– Estamos nos divertindo – Lo fala, rindo na cara de Vidar, tão perto dele que quase o toca com a ponta do nariz. – Você deveria tentar um dia desses.

Ele fica muito corado, como ela sabia que ficaria, e tenta gaguejar alguma coisa. No mesmo instante, ela conclui que Vidar tem razão. O que ela está fazendo? Ela não costuma ser assim. Lo sacode a cabeça com força, para que a parte infantil saia de lá. É responsável pelo controle de tudo no grupo e agora Vidar tinha sido obrigado a chamar sua atenção. Isso não irá mais acontecer.

– Estou a caminho da Igreja de Madeira – Lo avisa, voando em frente e sem olhar para trás. Sabe muito bem que os outros irão segui-la.

—— ——

Lo vai voando ao lado do avião e espia pela janela. Laurentia tinha se acomodado e adormecido, o que é muito bom, pois precisará estar com a cabeça descansada quando for traduzir as tábuas do destino. A garota aumenta a velocidade e deixa o avião para trás. É muito legal poder voar mais rápido do que o avião e ela ama essa sensação.

—— ——

Amir sobrevoa a floresta, aquela mesma que ele havia tentado cruzar com tanto esforço no dia anterior. A torre do sino da Igreja de Madeira se destaca acima da copa das árvores. Como foi rápido chegar até ali. Quanto mais eles melhoram no voo, mais velozes ficam. A porta da igreja é azul como as pedras lápis-lazúli de Cassandra e, por trás dela, está a resposta para os mistérios insondáveis. As tábuas do destino estão lá, apenas aguardando para serem interpretadas, apesar de que Laurentia precisa ainda alugar um carro e vir do aeroporto até ali. São só eles que conseguem aterrissar em qualquer lugar, o que é uma grande sorte.

– Não tem ninguém aqui – diz Lo, que já tinha dado uma olhada no local.

Amir mira na pia batismal e aterrissa ao lado. Ele não sente a ardência que costuma sentir quando as asas desaparecem e retorna à sua forma humana. A dor no seu pé volta com força total, fazendo-o ficar com falta de ar. Vidar o segura antes que caia no chão. Um suor frio escorre pelo seu rosto. Só fica consciente do calor lá de fora quando Lo comenta sobre ele.

– Que calor! – ela fala, a caminho da sacristia. – Aqui está pior do que em Estocolmo.

– Espere! Temos que ajudar Amir! – exclama Vidar.

Lo se vira e olha preocupada para Amir.

– Como você se sente? – ela pergunta.

Amir não aguenta responder, só deseja desaparecer para se livrar da dor.

– Vou ver se encontro uns analgésicos, para você não sentir tanta dor – diz Lo. – Melhor ficar em forma de anjo enquanto isso.

Ele desmaia. Lo o segura, antes que caia no chão, e o leva até a poltrona. Ela estava errada, não havia nada de ondas mágicas passando por Amir, era apenas a dor que ele sentia que o fizera tremer. Ele abre os olhos e respira com dificuldade.

– Assim que o meu pé encosta no chão, é como se eu levasse choques elétricos no corpo todo – ele murmura.

– Eu sei – afirma Lo. – Não fale agora, você precisa descansar e tomar mais um analgésico.

– Que fantástico! – diz Laurentia, arrumando os óculos de formato gatinho antes de levantar as tábuas e virá-las. – A luz precisa iluminar corretamente, para que as sombras não fiquem no caminho – ela explica e continua a estudar a tábua.

– O que está escrito? – pergunta Lo depois de um instante.

– Muita coisa – responde Laurentia, parecendo preocupada. – Não é fácil de entender. Um sinal pode significar diversas coisas, dependendo da relação com o sinal seguinte. Por isso, é tão difícil de interpretar a escrita cuneiforme. Deve-se conhecer muito bem a cultura para conseguir ler. É quase como solucionar um mistério, mas pode-se obter diferentes respostas, dependendo de quem se é e de como a pessoa vê o mundo. Quem sabe a resposta certa para o mistério já está morto há muito tempo, portanto não temos como confirmar.

– Mas você consegue entender alguma coisa?

Laurentia se concentra muito, olhando atentamente para os diferentes sinais.

– Está muito confuso – ela informa depois de um momento. – Vou tentar interpretar alguns sinais para vocês. Está escrito mais ou menos assim: "Tábuas do destino não são, tábuas do destino lápis-lazúli o que realmente são."

– Não entendi nada – diz Lo. – Parece tudo ao contrário.

– Não é um quadro, mas é um quadro. Deve ser algo simbólico, ou eu não entendi os sinais. Pode ter vários significados.

– Lápis-lazúli é uma pedra azul – comenta Amir.

– Uma pedra? Você tem certeza? – Laurentia indaga.

– Tenho. Cassandra, que trabalha com a cura por meio dos anjos, tem um colar com essas pedras, que usa para entrar em contato com mistérios e conhecimento sagrado.

– Interessante. Se a tábua é de pedra. Mas não é... – diz ela, calando-se em seguida.

– Como não é? – pergunta Lo, com medo da resposta e esperando que a outra esteja errada.

– Há uma incerteza quanto às tábuas do destino, se é que estas, que temos à nossa frente, sejam as verdadeiras. Talvez seja necessário que continuemos a procurá-las.

– Como assim? – Lo quer entender. – Essas não são as verdadeiras?

– Não tenho certeza. As escrituras dizem outra coisa.

– Você não tem como ver a idade dessas tábuas de argila? – Amir questiona.

– Não assim diretamente. Precisamos fazer exames para ter certeza.

– Diga o que você acha!

– Infelizmente, acho que estas não são as tábuas do destino, mas...

– Oh, não! – Lo a interrompe. – São apenas umas tábuas de argila sem nenhum valor!

– De maneira alguma. Tábuas de argila são muito valiosas, mesmo não se tratando das tábuas do destino.

Laurentia passa a mão com cuidado sobre as tábuas, fazendo uma pausa com o dedo indicador em uma das escrituras, antes de continuar a falar.

– Em primeiro lugar, preciso decifrar o que realmente está escrito aqui. É muito importante que eu acerte a tradução, para que não haja nenhum desentendimento. Tenho que retornar a Estocolmo, pois somente na Biblioteca Nacional é que há o dicionário de que preciso.

– Você não podia ter trazido um dicionário? – pergunta Lo. Ela acha que Laurentia é boba de ter ido até lá sem levar um dicionário consigo.

– Eu tenho o meu próprio aqui comigo, mas esse não basta. Existe o dicionário completo na Biblioteca Nacional, que não se pode pegar emprestado. Deve ser consultado só no local.

Lo suspira desanimada. Ela achava que Laurentia lhes daria uma resposta direta, mas ainda demorará até que a mulher volte para Estocolmo e eles mal têm tempo para isso, porém não tem escolha. Laurentia guarda as tábuas de argila na sacola de pano, abre a sua própria bolsa e coloca tudo lá dentro.

– Você não pode levá-las – diz Lo. – É arriscado demais.

– Mas como eu vou fazer? – Laurentia questiona, segurando a bolsa contra o peito.

– Tire fotografias – propõe Amir.

– Não dá para ver tão bem pela fotografia, pois a posição da luz pode ficar ruim com o *flash*. Preciso ter o original comigo, senão será muito difícil de...

– A Ordem do Raio está procurando as tábuas do destino e, se elas caírem nas mãos deles, também poderão encontrar pistas – Lo alega, interrompendo a outra. – Não quero que eles tenham a mínima chance.

– Não quero ficar sem elas – insiste Laurentia.

– Eu posso ajudá-la – Lo fala, estendendo as mãos para Laurentia.

Laurentia dá um passo para trás e seu corpo fica rígido. Lo tem a impressão de que a outra pretende sair correndo dali, então se posiciona bem em frente à porta.

– Vidar – ela diz –, feche a porta!

Quando a porta se fecha, Laurentia relaxa, pois parece ter aceitado deixar as tábuas de argila com Lo novamente. Com cuidado, ela as coloca sobre a mesa, apanha a câmera e começa a fotografá-las. Nessa operação, vão-se dois rolos de filme, pois há fotos de todos os ângulos, com ou sem *flash*.

– Eu tenho esperança de que isso baste para uma tradução satisfatória – conclui Laurentia, guardando a câmera na bolsa. – Onde vocês pretendem escondê-las?

Lo ainda não pensou nisso. Ela só tem certeza de que as tábuas não irão para Estocolmo junto com Laurentia.

– Espere – diz Amir. – Eu acho que...

Vidar abre a porta com força e alerta:

– Há alguém do lado de fora da igreja. Sejam rápidos!

# 9

Amir se apoia em Lo enquanto se dirige até a pia batismal. Vidar chega lá primeiro e desaparece junto com uma fumaça branca e retorcida. Lo e Amir também pretendem virar anjos para fugir daquele que está prestes a entrar na igreja. Laurentia tinha se sentado em um dos bancos e unido as mãos, como se fosse fazer uma prece.

Algo arranha a porta da igreja e Amir agora tem certeza de quem está ali. É ele. Não é nenhum ser humano do qual precisem se esconder.

– Eu acho que é o texugo que está lá fora – diz ele baixinho.

– Achar não é ter certeza – retruca Lo. – Venha aqui e coloque as mãos sobre a pia batismal.

– É o texugo. Eu fui voando e vi. Ele está de pé, equilibrando-se nas patas traseiras e arranhando a porta com as patas da frente – comunica Vidar, transformando-se em humano novamente. – Vou lá abrir a porta.

– Pode deixar, eu vou fazer isso – diz Laurentia, já a caminho da porta.

Assim que ela abre a porta, o texugo dá alguns passos para dentro da igreja. Seu pelo branco e preto está brilhoso, como se tivesse acabado de tomar um banho.

Amir fica muito feliz em revê-lo depois de tanto tempo. O focinho do animal fareja no ar e sua cabeça se move, procurando, até encontrar Amir. O texugo vai andando, ao se aproximar de Amir, para junto dele. O animal o olha nos olhos por um instante, antes de abaixar a cabeça em direção ao seu pé machucado. Amir estremece quando a língua do animal atinge seu pé, mas logo se sente bem. A língua do texugo é quente e úmida, e ele lambe o pé de Amir com muito cuidado, como se fosse um de seus filhotes. Quando Amir cerra as pálpebras, enxerga o pai, e seus olhos verdes e amistosos parecem tristes, ao mesmo tempo que ele sorri. O pai desaparece e o texugo lhe envia outras imagens, desta vez são visões de buracos profundos e sinuosos, túneis intermináveis. Será que é a morada do texugo que ele está vendo? Mas o que eles iriam fazer lá? Mas é claro! É lá que devem esconder as tábuas de argila. Precisam seguir o texugo, ele lhes mostrará o caminho. Amir conta sobre a sua visão para os outros.

– Você pode ficar por aqui – diz Laurentia para Amir. – Seu pé precisa de repouso, senão nunca ficará bom.

– Tenho que ir com vocês – Amir rebate. – Eu me transformo em anjo, aí posso descansar o pé.

– Está bem – concorda Lo. – E escute os pensamentos de Vidar, se você precisar ouvir os de alguém.

– Não! – exclama Vidar contrariado.

– Eu só estava brincando – Lo fala, sorrindo para o garoto. Ela estende a mão e faz um carinho leve no rosto dele.

Vidar demonstra surpresa e Lo parece sentir o mesmo, porque retira a mão rapidamente. Não era essa a intenção, mas Amir mostra-se contente, pois isso comprova que Lo se importa com o outro garoto. Vidar fica muito corado, como sempre costuma ficar, mas não parece mais estar irritado, como de costume, quando Lo implica com ele. Agora parece até bem satisfeito.

– Eu não vou ouvir ninguém – afirma Amir. – Eu prometo!

～～

Amir cumpre a sua promessa quando se transforma em anjo e voa acompanhando os amigos. Saem da igreja, passam pelo campo e vão em direção à floresta. Lo segue o texugo e vai levando as tábuas de argila dentro da sacola de pano, comprimida ao peito. Vidar caminha logo atrás, quase encostando em Lo. Ela ainda leva um sorriso no rosto, enquanto vai andando com os outros entre as árvores. Os galhos pontiagudos se estendem como se fossem longos braços querendo abraçá-los.

Se Amir tivesse ido a pé com os outros, certamente ficaria assustado com os galhos das árvores, pensando neles como braços compridos que queriam aprisioná-lo, feri-lo, mas de longe não parecem nada assustadores. Como será que os outros se sentem?

Vidar adora estar na floresta, andar por lá, sentir o cheiro da vegetação. E Lo... Não, ele não deve ouvir os pensamentos de mais ninguém e precisa se esforçar muito para não cair em tentação.

O texugo para. Tinha chegado a hora de esconder as tábuas. A entrada para a sua toca se localiza no meio de um labirinto, um labirinto natural feito de galhos de árvores. A madrinha de Amir, Edel, deveria estar ali junto com eles, pois ela ama labirintos. A abertura por onde o texugo entra é bem pequena.

– É melhor que eu vá junto com ele e leve as tábuas de argila. Não quero arriscar que você se machuque – diz Laurentia, estendendo a mão para Lo, a fim de pegar as tábuas.

Lo não as entrega, abaixa-se e espia o buraco.

– É muito apertado para você. Eu vou entrar.

– Mas... – protesta Laurentia.

– Lo sabe o que está fazendo – Vidar fala. – Deixe-a levar.

– Eu posso resolver isso sozinha – diz Lo, pois não quer que Vidar fique achando que tem de protegê-la de alguma coisa, afinal não precisa ser protegida.

E em seguida:

– Mas, Amir! – reclama Lo. – Você tinha prometido.

Amir leva um susto e se sente um bobo, pois nem tinha consciência de que estava ouvindo os pensamentos de Lo, até que ela chamasse sua atenção.

– Desculpe! – ele responde. – Não era a minha...

– Chega agora! – Lo o interrompe. – Vou entrar na toca.

Laurentia entrega a Lo uma lanterna de cabeça e ela a prende bem no lugar. A luz ilumina diretamente o túnel estreito e ela vai entrando pela abertura da toca do texugo.

Lá dentro, o túnel se alarga e ela chega a uma espécie de caverna, que é a toca do texugo. A altura do teto permite que fique de joelhos. Ela olha a sua volta e descreve o que vê à luz da lanterna.

– No teto, as raízes se entrelaçam, parecendo uma teia dentro e fora da terra. Há outros túneis além deste que eu entrei. Um, dois, três, quatro, cinco, seis, sete. São sete no total.

– Eu também vejo – diz Amir. – Você não precisa descrever.

– Eu sei, mas assim você pode ouvir a minha voz em vez de ouvir os meus pensamentos.

– Nós teremos cuidado – diz Lo.

– Ótimo. Assim que vocês fizerem o que precisam fazer, voltem para a cabana que eu aluguei, a fim de que ninguém perceba o envolvimento de vocês de alguma maneira.

Laurentia explica o caminho para a cabana e avisa que a chave está pendurada em um gancho debaixo da escada da entrada. Depois disso, nada mais há a dizer. Eles têm com o que se ocupar e Laurentia também. Lo estende a mão como apoio para Amir, mas Vidar tinha sido mais rápido. Ele é forte e bondoso. Os dois garotos são muito bonzinhos.

– Vamos, irmãozinho. Vamos voar – ela convida, sorrindo para Amir.

E voltando-se para Vidar em seguida:

– Você também, meu irmão!

– Eu não sou seu irmão – rebate Vidar a encarando.

– Deixe para lá – diz Lo, colocando as mãos sobre a pia batismal, ganhando asas e levantando voo.

"É o que eu já vi de mais lindo", ela ouve Vidar pensar.

Lo se vira e Vidar está parado, olhando para a pintura da madona no teto da igreja, mas com um olhar muito distante. Ela voa até lá e observa o rosto da pintura. "Tão bonita assim ela não é!"

– O céu é mais bonito – diz ela em voz alta, quando o avista.

Naquele céu azul-claro, nuvens aveludadas passavam flutuando. Uma das nuvens tem a forma de um rosto, que parece estar dando um sorriso esquisito, como se soubesse de coisas que Lo ainda não sabe. Mas isso não vai ficar assim!

# 10

Lo solta um suspiro de alívio, quando entra voando no apartamento e vê Cassandra e Stella sãs e salvas. As duas estão sentadas à mesa da cozinha e a polícia também está lá, há um homem e uma mulher uniformizados. Eles parecem compreensivos e amigáveis, bem diferentes daquele policial na Igreja de Madeira que estava colaborando com a Ordem do Raio. Estes aqui, no apartamento, são policiais honrados, querem ajudar. Lo coloca o dedo sobre os lábios, pedindo para Amir e Vidar fazerem silêncio. Eles conversarão com Stella assim que a polícia for embora dali.

— Sinto muito por ter que fazer essa pergunta – diz o policial, sorrindo para Cassandra e se desculpando –, mas há a possibilidade de ser algum ex-marido zangado?

— O meu pai é a pessoa mais bondosa do mundo e nunca faria uma coisa dessas – responde Stella rapidamente. – Além disso, ele mora no Brasil.

— Talvez algum outro? – pergunta o policial, cuidadosamente.

Cassandra pensa no homem de olhos azuis, mas ele é policial, assim como aqueles dois ali no seu apartamento, e ela não tem coragem de dizer que suspeita dele.

— Acho que não. Por que seria alguém que eu conheça?

— Porque parece que quem fez isso estava muito zangado – explica a policial olhando para o apartamento destruído. – Ladrões desconhecidos não costumam causar esse estrago.

— Isso é uma loucura – diz Stella. – Como alguém pode fazer isso contra nós?

A campainha toca. Cassandra se levanta e vai até o *hall*. Lo voa na frente, para ver quem é. É o homem de olhos azuis. Por que ele veio até aqui? Para prestar ajuda é que não é. Ela vai aguardar para ver. Eles não podem escutar os pensamentos do homem, pois ele percebeu isso lá na prisão, enquanto interrogava as mães. Mesmo que não saiba quem o está ouvindo, ele fica desconfiado, é melhor deixar para lá.

– Eu continuo agora – ele informa, mostrando a sua insígnia para os outros policiais.

– Mas não terminamos – protesta a policial.

– Este assunto deve ser tratado em um nível mais alto – ele diz.

– Mas por quê? – pergunta a policial.

– É minha responsabilidade agora – diz ele.

Em seguida, virando-se para Cassandra e Stella:

– Quero que vocês me acompanhem até a delegacia.

Cassandra e Stella são algemadas e acomodadas no banco traseiro de um carro preto com janelas escuras. O homem de olhos azuis dirige o carro com uma expressão irritada no rosto. A todo momento, ele olha para Cassandra pelo espelho retrovisor, tentando encará-la. Tem a intenção de fazê-la sentir medo. Ele parece ameaçador e tem os lábios tensos. Não disse uma palavra desde que as levou embora do apartamento. Lo tampouco disse alguma coisa, pois não quer que Stella fale demais, mas sentia pena dela, que mostrava tanto medo que até começou a tremer. Apesar de Lo ter dito para Amir e Vidar que eles deviam se manter calados, ela não consegue se controlar.

– Stella – ela diz. – Estamos aqui também e eu prometo que faremos de tudo para que nada lhes aconteça.

– Mas... – murmura Stella, antes de se calar. Ela começa a pensar: "Lo, sua idiota, por que você nos envolveu nessa história? Eu tinha dito desde o início que não queria! Você me obrigou e isso não é justo!"

– A vida é injusta – declara Lo. – Você não sabia?

"Obrigada pela informação, mas, se não der um jeito nisto, eu mato você!", pensa Stella muito zangada.

– Não tem perigo – Lo fala gentilmente, para acalmar Stella, que está prestes a cair em prantos. Não funciona ser gentil com ela. Lo não tem paciência e prefere quando Stella está de mau humor.

– Sua boba – ironiza Lo. – Vou ter que ajudar você em tudo para que a sua vida dê certo.

"É fácil ser atrevida agora, não é? Se estivesse presa aqui, como eu, choraria feito um bebê, porque é isso o que você é, uma criancinha mimada."

– Parem de brigar! – interrompe Vidar. – Estamos todos no mesmo barco e devemos continuar amigos.

– Está bem – diz Lo. – Agora devemos ficar quietos, como tínhamos decidido desde o início. Vamos esperar e ver para onde ele pretende ir.

– Para a delegacia – conclui Vidar.

– Você é tão burro assim que acredita nisso?

Vidar não responde, pois é óbvio que aquela casa abandonada, onde o carro estaciona, não é nenhuma delegacia de polícia. Não há ninguém por ali, está tudo deserto. O homem de olhos azuis tem as chaves para entrar na casa. Ele abre a porta e a grade. No corredor mais adiante, existem celas abandonadas, uma ao lado da outra. Ali deve ter sido uma delegacia ou uma cadeia anteriormente, mas não é mais agora. Não há outros policiais no lugar e está claro que o homem de olhos azuis quer ficar longe dos olhares dos outros. Nem todos os policiais são corruptos.

– Então – diz o homem de olhos azuis, enquanto empurra Cassandra e Stella em direção a um banco em uma das celas. – Se me disserem onde estão as crianças, eu solto vocês.

– Que crianças? – pergunta Cassandra.

O homem dá uma bofetada em Cassandra, deixando seu rosto muito vermelho. Lágrimas escorrem de seus olhos, molhando seu rosto, mas ela não deixa nenhum som escapar, apenas fica quieta ali no seu lugar, com o olhar direcionado ao chão.

– Onde elas se esconderam?

O silêncio é total. O homem de olhos azuis bate com força a porta da cela, trancando-a. Antes de ele ir embora, olha para elas através da abertura gradeada da porta.

– Aproveitem o tempo para pensar um pouco, antes de eu começar o interrogatório. Tenho outros métodos para utilizar, se for necessário.

Ele sai dali. As luzes se apagam, deixando-as na mais completa escuridão.

~~

Vidar está envergonhado. É culpa deles que Cassandra e Stella tenham sido presas naquela delegacia abandonada. Se não fosse por causa deles, as duas estariam vivendo suas vidas normalmente. Lo não sente a menor vergonha, como de costume, ela nem deve saber o que é isso. Como ela pôde ser tão má com Stella quando a garota só precisava de um pouco de consolo? Vidar não entende o porquê disso. Ele que tinha achado que Lo estava ficando mais boazinha.

Stella está pensando que esta situação vai acabar muito mal e elas morrerão, pois estão sem chance nenhuma. Será que é assim que a vida dela irá terminar? Ela choraminga um pouco.

– Vai acabar tudo bem, Stella – Vidar a consola. – Não tem perigo.

Stella começa a chorar e seu choro é tão intenso que ecoa dentro da cela. Vidar nunca tinha ouvido alguém chorar tanto e daquela maneira sofrida.

– Mas, minha amiga... – diz ele com delicadeza na voz.

– Não piore as coisas – Lo o interrompe.

– Como você pode ser tão insensível? – pergunta Vidar.

– Para aguentar ficar aqui, é melhor que ela se conforme – murmura Lo para Vidar e começa a implicar com Stella em seguida.

Vidar já tinha visto Lo se comportar muito mal, mas isso era demais. Como ela pode ser assim? Ele deveria enfrentá-la, mas percebe que a garota está fazendo a coisa certa ao reparar que Stella está com muita raiva e cheia de energia, nem parece mais aquela coitadinha que queria desistir de tudo uns momentos atrás. Mesmo Stella não dizendo que Lo está ali, Cassandra entende a situação, pois a filha não iria brigar consigo mesma.

– Os três estão aqui? – ela pergunta para Stella.

– Sim, todos os três. Só para me irritarem – ela responde. – Mas Lo está pior do que nunca e foi ela quem os levou até nós. É culpa dela estarmos trancadas aqui.

Cassandra fica contente em saber que eles tinham chegado. Ela não está nada zangada, pois vê tudo por outro lado.

– Não podemos mudar o que aconteceu – diz Cassandra. – Mas, no futuro, teremos mais possibilidades.

– Então, você quer dizer que destino não existe? Podemos fazer as nossas escolhas? – indaga Amir e Stella repete para a mãe ouvir.

– Eu acredito em ambos – diz Cassandra. – Algumas coisas nós não podemos mudar, elas são como são. Mas podemos mudar muitas outras, por meio das nossas escolhas conscientes.

– Agora chega! – diz Lo.

Vidar acha emocionante ficar ouvindo sobre as ideias de liberdade e destino que Cassandra possui, mas Lo tem razão. É conversa demais e pouca ação, como a mãe dele teria dito. A mãe dele e a mãe de Lo são parecidas quanto à capacidade de colocar um pensamento em ação e fazer o que precisa ser feito.

– A madrinha de Amir, Edel, deve conseguir libertá-las daqui – diz Lo. – Não são todos os policiais que são corruptos. Alguém que seja honesto poderia ajudá-la.

Stella continua contando para Cassandra o que os outros estão dizendo.

– Os policiais que estavam na nossa casa eram muito bacanas – Cassandra fala. – Mas como vocês vão entrar em contato com Edel?

– A igreja vai nos ajudar com isso – responde Lo.

# 11

    Amir se despede de Lo e de Vidar, sobrevoando a casa de Edel. Os outros voarão até uma igreja do outro lado da baía e, de lá, pretendem telefonar para Edel. Voltarão à forma humana por um momento e, enquanto isso, Amir deverá ficar esperando por eles ali. Tinha sido ideia de Lo, pois ela achava melhor que ele continuasse em sua forma de anjo o máximo de tempo possível, para que seu pé descansasse. Parecia uma boa ideia e Amir tinha mesmo vontade de ficar ali. Só de pensar que Edel esteja nas proximidades, já o deixa mais feliz.

    Todos os telhados lá embaixo são de telha avermelhada e parecem iguais, mas o jardim de Edel é de uma aparência única. Há labirintos de diversos tamanhos e o material utilizado faz com que o jardim seja fácil de reconhecer mesmo a distância: os pequenos arbustos em ziguezague que ele tinha ajudado a plantar; as pedras brancas que eles haviam colocado, formando caminhos sinuosos; o muro de tijolos que Edel fizera em um canto do jardim e os pequenos pássaros de vidro que compunham o menor dos labirintos, aquele onde não se podia entrar. Amir costumava brincar ali com seus bonequinhos de madeira, quando era pequeno, fazendo de conta que eles estavam perdidos e mandando um deles ajudar os outros a achar a saída do labirinto.

    Ele aterrissa bem ao lado do lugar e, quando olha com mais atenção, vê, lá no meio dos pássaros de vidro, um de seus bonequinhos, o que representava um menino de uma perna só. Ele está preso no labirinto e Amir estende a mão para ajudá-lo. Sua mão atravessa o bonequinho antes de ele se lembrar de que não é possível pegá-lo. Por que ele não consegue fazer tudo o que faz na sua forma humana quando está transformado em anjo? Seria muito mais simples, mas parece que a vida não foi feita para ser fácil.

O bonequinho de madeira vai ter que se virar sozinho, enquanto Amir entra na casa para ver o que Edel está fazendo. Ela se encontra atrás de uma mesa de carvalho imensa, onde havia espalhado montanhas de papéis. Seus olhos azuis acinzentados estão concentrados e ela move uma mecha do cabelo castanho para trás da orelha. Há algo corroendo a sua mente, qualquer coisa que ela deveria ter registrado quando leu os documentos. Edel procura febrilmente em sua memória, mas sem resultado.

"Se eles pudessem telefonar e me dizer que eu posso encontrar logo com a enfermeira", pensa Edel. "Se eu pudesse falar com ela e fazê-la contar a verdade sobre a morte da criança. Coitado do Amir! É muito perigoso para ele estar sendo procurado. Como ele irá escapar? Não, eu tenho que parar de pensar nele, é melhor que eu me concentre naquilo que possa mudar alguma coisa. Só preciso falar logo com a enfermeira, que foi internada à força por tentativa de suicídio, segundo eles. Ela devia estar se sentindo muito culpada depois de ter feito o que fez."

Amir não acha que a enfermeira tenha tentado se matar, ela quer contar a verdade, mas a Ordem do Raio é capaz de qualquer coisa para alcançar os seus objetivos.

Edel se concentra nos julgamentos das mães. Há algo em comum nos casos que ela possa usar como prova no tribunal? O que ela encontrou de mais significante até agora é que o juiz Ingvar Eberth foi o mesmo em todos os processos. Outra coisa que ela descobriu é que a polícia havia sido muito rápida em chegar aos locais dos crimes; além disso, as provas eram evidentes demais, fazendo com que as suspeitas parecessem culpadas. Depois de tudo que soube por intermédio de Cassandra, a coisa toda mais lhe parecia como um verdadeiro complô. Não somente contra a mãe de Amir, mas também contra as outras mães.

Edel faz uma revisão dos acontecimentos em sua mente. A mãe de Lo, Sinikka, foi apanhada em flagrante com uma faca ensanguentada nas mãos e, quando a polícia chegou, havia um homem morto no chão. Porém, Sinikka disse que tinha sido induzida a ir até lá. A mãe de Vidar, Agneta, também foi enganada, indo parar no telhado de um prédio. Chegando lá, ouviu um grito e correu naquela direção. Olhou para baixo e avistou o corpo ensanguentado de um homem. Ele já havia caído do telhado antes de ela chegar, disse, mas todas as testemunhas lá embaixo tinham visto Agneta e achado que ela o empurrou. O homem havia gritado "não me empurre", antes de cair do telhado.

"Deve ter sido alguma outra pessoa que o empurrou. Será que foi a mesma pessoa que matou o outro homem a facadas?", pensa Edel, mexendo no broche preso à lapela do blazer. O broche se solta e cai no chão. Ela se abaixa para apanhá-lo e vê que o alfinete de segurança estava quebrado, portanto não é possível prendê-lo novamente. Edel deixa o broche ao lado do elefante prateado em cima da mesa de carvalho. No mesmo instante, o telefone toca e ela se lembra de algo. "O alfinete de prata com um raio", diz ela em voz alta. "Ambos tinham o alfinete escondido embaixo da lapela do paletó. Eu nem havia pensado nisso antes."

"A Ordem do Raio!", pensa Amir. "Eles devem ter se sacrificado. O homem de olhos azuis dissera ao policial na Igreja de Madeira que poderia ser a vez de ele se sacrificar. Era tão importante prender as mães que eles se ofereceram para morrer, a fim de ajudar o mestre, apesar de que o policial na igreja preferia sacrificar Amir, Lo e Vidar."

– Aqui é Edel From – ela atende ao telefone, endireitando o corpo.

Amir voa para mais perto dela e ouve que é Lo do outro lado da linha, telefonando da igreja, mas ela se esforça para que sua voz soe mais adulta e fornece a Edel o endereço da delegacia abandonada.

– Cassandra e Stella se encontram presas lá – ela continua a informar.

– O que você está dizendo? – Edel pergunta. – Com quem estou falando?

– Com uma amiga – responde Lo. – Você tem que contatar um policial realmente honesto, que possa deixá-la entrar lá. Não há tempo a perder.

– Espere, tenho que anotar o endereço – diz Edel, pegando uma caneta.

– A pastora vem vindo – Amir ouve Vidar dizer ao fundo.

Lo repete o endereço para Edel e, enquanto ela escreve, Amir ouve a voz preocupada de Vidar.

– Temos que nos esconder agora! – ele fala.

– Não temos mais tempo – conclui Lo e a ligação é interrompida.

Amir queria poder ver através do fio do telefone. O que tinha acontecido? Teria a pastora os reconhecido? Será que ela sabia que eram procurados e tinha chamado a polícia? Será que ele deve voar até lá e verificar? Mas eles tinham combinado de se encontrar ali na casa de Edel. Se ele for embora agora, talvez se desencontre dos outros. Amir olha para Edel, que faz uma ligação e espera que atendam.

Seu padrinho, Frans, entra na sala. Edel não percebe a sua presença. Ele fica ali parado, olhando para ela por um tempo. Pensa na falta que sente dela, pois mesmo que ela esteja com ele, nunca está realmente presente. A única coisa que ela tem em mente é libertar Arezo. Ele compreende e também deseja o mesmo, mas essa história toda tomou conta da vida deles. Nada mais importa e ele também está preocupado com a criança que ela carrega no ventre, o filho que ele sempre quis e que ela, finalmente, concordou em ter. Amir não sabia de nada disso. Quando morava com eles, antes de Gunvor vir e levá-lo para o Paz Celestial, não aparecia nada, mas Edel já devia estar grávida naquela época e ele fica feliz com a notícia. É muito bom ficar sabendo de algo positivo nesse momento difícil da vida. Para ele, será o mesmo que ganhar um primo, seu primeiro primo na vida.

– Os sanduíches estão prontos – diz Frans.

Edel olha com surpresa para ele.

– Você está em casa?

– Eu perguntei se você queria um sanduíche.

– Não tenho tempo...

– Você precisa – ele fala, interrompendo-a. – Se não for por você, que seja pela criança.

Edel sente vergonha por se esquecer da criança o tempo todo. Quando Frans a faz lembrar, estremece, como se aquilo fosse uma novidade, apesar de já estar carregando um bebê há quase oito meses, mas ela não pensa na criança. É claro que sente o bebê se mexer às vezes, mas não é nada trabalhoso, de forma alguma. Além disso, a barriga é bem lembrada a cada vez que ela se olha no espelho. A prova está lá, mas a criança precisa nascer para que Edel realmente entenda a situação.

– Espere! – diz ela.

E fala ao telefone com um tom de voz de quem está acostumada a ser ouvida:

– Aqui é a advogada Edel From. A minha cliente, Cassandra Lyckeblad, foi presa e acusada falsamente em uma delegacia abandonada. Além disso, há uma menor de idade envolvida também de nome Stella, que é a filha dela. Tudo isso é contra a lei. Exijo que um policial me encontre lá, dentro de dez minutos – Edel fornece o endereço da delegacia abandonada e desliga o telefone.

– O que aconteceu? – pergunta Frans, parecendo preocupado.

– Estou com pressa e não tenho tempo para dar explicações, mas me dê um sanduíche para eu levar e comer no carro – responde ela para Frans, achando que o está acalmando assim.

Quando Edel se alimenta, ele fica satisfeito e entende que a mulher precisa resolver esse problema. A vida deles pode esperar até que Arezo seja libertada e que Amir volte a morar com eles. Um sanduíche ela pode comer para que Frans e o bebê fiquem felizes. No momento que Edel sai de trás da imensa mesa de carvalho, Amir repara em sua grande barriga, impossível de passar despercebida. Incrível que ela se esqueça da sua própria gravidez.

Enquanto Edel se acomoda no carro, Amir levanta voo para ver se Lo e Vidar estão a caminho. Mas nem sinal deles. Por que não foi com eles até a igreja? Ele podia ter ficado cuidando deles lá do alto e avisado que o pastor já chegou, para que desse tempo de eles saírem, mas Amir só tinha pensado em si mesmo, que queria estar perto de Edel, porque sentia muita saudade dela. Agora ele precisa continuar ao seu lado, não consegue perdê-la de vista. Quando o carro começa a sair do estacionamento, ele voa atrás, sozinho.

～〜～

Lo não entende como pôde ter sido tão tola em dizer que gostaria de se confirmar e, por essa razão, estavam agora na secretaria da igreja. Ela falou que queriam conversar com um pastor, para saber se haveria o curso de confirmação no verão, ou algo assim. A pastora tinha respondido que sim; além disso, a igreja iria oferecer um curso nas vésperas da Páscoa também, se eles não quisessem esperar até o verão.

A pastora continua a falar, dizendo que acha que será muito divertido e que seria tão bom se outros jovens também tivessem essa mesma vontade de aprender. Parece que a mulher não consegue parar de falar depois de haver começado. Lo se afasta um pouco, olha para Vidar e, em seguida, para a porta, indicando que ele saia dali. Ele não parece entender e continua a escutar a pastora, educadamente.

– Com licença – diz Lo. – Eu preciso ir ao banheiro. É urgente!

– Sim, fique à vontade. Em frente e à direita, passando pela porta que dá para o porão.

– Obrigada – agradece Lo.

E olhando para Vidar:

– Você também talvez precise ir...

– Acho que não – responde Vidar, antes de entender o que Lo queria. – Mas talvez devesse aproveitar e ir também.

Os dois passam pela porta e, quando a pastora não os vê mais, correm até a pia batismal. Lá, colocam suas mãos sobre ela e se transformam em anjos. Segundos depois, a pastora chega até o altar e olha para a porta.

"Como eles foram rápidos", ela pensa. "Vou esperar aqui, para conversarmos melhor depois que eles voltarem do banheiro. Que jovens mais adoráveis."

Lo não tem mais tempo de escutar os pensamentos da pastora, porque sai voando através do telhado, em direção ao céu e para a casa de Edel. A casa se encontra vazia quando eles chegam lá.

— Que azar! – diz Lo. – Por que eu tinha que perguntar sobre a confirmação?

— Se não perguntasse, a pastora podia ficar desconfiada – observa Vidar, que a tinha alcançado.

— Eu não queria resposta para a minha pergunta.

— Você fez o melhor que podia fazer – Vidar elogia, meio sem jeito.

Lo se arrepende de ter parecido tão zangada com ele. Vidar é muito bonzinho e tem razão. Eles não escapariam da igreja se a pastora suspeitasse de alguma coisa. Ela sorri para o garoto.

— Obrigada – ela fala, fazendo um carinho no ombro dele.

Vidar olha para baixo e se vira rapidamente, mas ela ainda tem tempo de ver como ele tinha ficado corado. Ela acha bonitinho que ele se mostre tão contente quando é apreciado, mas deve ser difícil ficar envergonhado a cada vez e por qualquer coisa. Ela nunca fica assim, ou quase nunca. Jocke, o cantor da banda, tinha feito com que ela se sentisse envergonhada. Será que algum dia eles se encontrarão novamente?

— O que vamos fazer? – pergunta Vidar, fazendo com que ela pare de pensar em Jocke.

— Vamos até a delegacia!

～ ～

Quando eles chegam lá, encontram Edel do lado de fora, esperando que um policial chegue e abra a porta para ela. Ela anda, impacientemente, de um lado para o outro e está irritada pela lentidão do policial. Amir está dentro da cela com Cassandra e Stella.

— Que bom vocês estarem aqui – diz Amir. – Eu fiquei muito preocupado.

— Não aconteceu nada, só encontramos uma pastora muito tagarela.

– Então, você crê agora – fala Stella rindo. Ela parece estar aliviada que o socorro esteja a caminho.

– Aleluia! – Lo exclama, dando risada.

Stella conta para Cassandra que Lo, Vidar e Amir chegaram.

– Obrigada pela ajuda – agradece Cassandra.

– Mas é óbvio que vamos ajudar – responde Lo e Stella repete para a mãe.

– Não é tão óbvio assim para outras pessoas – diz Cassandra. – Vocês são corajosos.

As luzes piscam um pouco antes de serem acesas e, então, eles podem ver uns aos outros. A polícia tinha chegado ali e encontrado a chave de luz. Logo, elas serão libertadas. Os dedos de Cassandra se movem lentamente sobre as pedras azuis do seu colar.

– Lápis-lazúli – diz Lo. – É verdade que o seu colar consegue desvendar mistérios e mostrar o caminho para o conhecimento sagrado?

– Sim e pode me colocar em contato com os meus anjos da guarda – afirma Cassandra, depois que Stella havia repetido a pergunta de Lo.

– Estamos aqui – diz Lo. – Você não precisa deles. Shh!

Há um ruído no corredor. Lo olha para fora da cela. O portão gradeado, no fundo do corredor, é aberto por um policial uniformizado. Edel vem logo atrás, observando o local, antes de gritar.

– Oi! Cassandra! Stella! Vocês estão aqui?

Cassandra corre até a porta, fica na ponta dos pés e encosta o rosto na janelinha gradeada da porta.

– Edel! – ela chama. – Estamos aqui!

O policial pede desculpas e diz não entender como isso tinha acontecido. Ele abre as algemas das duas e informa que elas estão livres. Se quiserem fazer uma denúncia, ele pode anotar tudo ali na hora.

– É claro que vocês irão fazer uma denúncia.

– Não! – responde Cassandra, achando que a denúncia não servirá para ajudá-las em nada.

– Mas... – diz Edel.

– Só quero ir para casa agora – declara Cassandra, interrompendo a outra.

– Eu compreendo. Vou levá-las para casa.

O policial tranca o portão gradeado e abre a porta de saída.

– Tenham a bondade, minhas senhoras – ele fala, segurando a porta para elas.

Mas elas não conseguem sair, pois há alguém no caminho. Alguém que elas não queriam encontrar.

## 12

Vidar sente pena de Stella. A garota treme de medo quando o homem de olhos azuis dá o seu sorriso desagradável, ali na entrada da delegacia. Apesar de Stella não querer nem pensar no que ele disse sobre usar outros métodos para fazê-las falar, ela não consegue deixar de ver a sala de tortura à sua frente, aquela sala de tortura do filme que tinha assistido junto com Love. Vidar acha que Love não deveria mostrar esses filmes para a garota, mas agora a realidade parece muito pior que a fantasia. O que está acontecendo neste momento é de verdade.

Edel não sente medo. Ela dá um passo e para em frente ao homem de olhos azuis, tão perto que a sua barriga encosta nele. Ele recua e mostra a sua identidade de policial.

– Unidade especial. Eu cuido disso agora.

– Sou a advogada Edel From – anuncia ela. – As minhas clientes estão livres.

– Elas estão sob a minha responsabilidade – ele rebate.

– Uma delegacia abandonada e uma menor de idade – diz Edel. – Isso não está correto.

– Todos os outros lugares já estão lotados e eu voltei para buscá-las.

– Você deve se dar por satisfeito por eu não fazer uma denúncia – Edel fala. – Mas isso pode mudar. Eu ficaria atento, se fosse você.

O olhar do homem de olhos azuis fica sombrio e ele ergue a sua mão direita, mas se controla e dá um sorriso forçado.

– Vou levá-las para uma delegacia em funcionamento. Elas são suspeitas por fraude de seguros.

– Nós nem temos um seguro – argumenta Cassandra, segurando seu colar com força. – Não tenho condições financeiras para isso.

O homem de olhos azuis fica nervoso e sem saber o que dizer.

– Investigação dos fatos. Você já ouviu falar nisso? – pergunta Edel, com a voz carregada de ironia.

– Foi um engano lastimável – ele alega, com os lábios tensos, mas se obrigando a sorrir para Cassandra antes de continuar. – Eu lamento e peço desculpas.

Em seguida, ele se aproxima dela e lhe diz baixinho:

– Na próxima vez, estaremos sozinhos...

Depois disso, ele entra no carro, acelera e desaparece. O policial que acompanhava Edel nada diz, mas parece muito incomodado e pede desculpas várias vezes, antes de ir embora dali, dirigindo com cuidado.

– Achei que ele fosse nos torturar – diz Stella, sentando-se na calçada.

Cassandra se acomoda ao seu lado e a abraça. Fica em silêncio, deixando que Stella chore em paz.

– Não há mais perigo – Edel afirma. – Ele não irá mais lhes causar incômodos, eu já coloquei um ponto final nessa história.

Cassandra prefere não discordar de Edel, nem lhe conta o que o homem de olhos azuis tinha cochichado em seu ouvido, pois não quer que Stella fique assustada novamente. Apesar de Vidar ser alguns anos mais novo que Stella, ele consegue suportar melhor as coisas ruins que acontecem. Tudo o que vinha ocorrendo nos últimos tempos tinha feito com que ele amadurecesse muito. Nem parecia que tinha acabado de completar 14 anos, pois se sentia praticamente um adulto.

Stella se vira para trás no banco do carro e observa o céu, como se tentasse vê-los enquanto estão voando, mas ela não os enxerga. Vidar vê Stella e Cassandra irem embora no carro de Edel, que as levará para casa. Eles tinham combinado de se encontrarem lá.

Vidar não quer que esse momento termine, deseja continuar voando para sempre com seus amigos, fazendo piruetas, descendo e subindo em alta velocidade, ficando perto e, em seguida, distante. De mãos dadas, os três voam no céu, soltam-se uns dos outros, vão voando cada um por si, para depois se reencontrarem. Vidar, Lo e Amir, todos juntos. Hoje, amanhã e para sempre.

Todas as preocupações parecem desaparecer. Nada significa alguma coisa, pelo menos enquanto estão brincando no céu. Quando ele avista o telhado do prédio de Cassandra, nem se importa e o mesmo se passa com Lo e Amir. Eles continuam adiante, em um voo rápido e ágil.

Vidar tem vontade de parar junto à escultura de vidro na Praça Sergel. Segura nas mãos dos amigos e os leva junto. Eles se acomodam lá em cima e olham em volta. O sol está subindo, mas a calçada preta e branca da praça lá embaixo continua deserta. Nem a senhora com o órgão está por ali. Dando risadas, os três ficam de costas uns para os outros. A vida é bela e simples lá em cima, só fazem o que têm vontade de fazer.

– Eu costumava sonhar que conseguia voar – conta Lo. – Eu corria por um campo, com passos cada vez mais largos e levantava voo. Voava de verdade! Era maravilhoso! Então, acordava e via que não era de verdade, ficava tão decepcionada a cada sonho. Pensava assim: "Da próxima vez que eu sonhar isso, não vou mais acordar e ficarei dormindo para sempre."

– Agora não é somente um sonho – diz Vidar, colocando uma de suas asas sobre a garota.

Ela se encosta nele e seus olhos castanhos dourados brilham.

– Você tem certeza de que não iremos acordar e entrar em pânico quando percebermos onde estamos sentados?

– Tenho certeza – Vidar afirma. – Somos anjos para sempre, isso nunca vai acabar.

Lo estremece e sacode a cabeça.

– Tem alguma coisa errada – diz ela.

– Está tudo bem – fala Vidar. – Estou exatamente no lugar onde queria estar. Não quero mudar nada.

– É isso que está errado – rebate Lo. – Devíamos fazer alguma outra coisa.

Vidar não entende nada. Não pode estar errado se parece certo, não é mesmo?

– Prefiro ficar sentado aqui – Amir diz, dando uma risadinha –, cheirando as flores.

Vidar olha em volta e não vê nenhuma flor.

– Do que você está falando?

– Igual ao Ferdinando, o touro. Aproveitando a vida em paz – Amir explica. – Não quero ir para a arena lutar.

– Mas é isso que temos de fazer – Lo diz, sacudindo-se.

Vidar empurra Lo com a cabeça, fingindo ser um touro com chifres. Lo se afasta e Vidar termina com a brincadeira. Talvez tenha sido infantil demais.

– Vamos! – ela determina, levantando voo. – Temos de ir para a casa de Cassandra. Era para lá que estávamos a caminho, antes de a poeira travar o meu cérebro.

– Poeira?

– Quando não consigo pensar claramente, fico perdida e parece que tem poeira na minha mente. Você também não se sente assim?

– Eu gosto de ficar sem fazer nada – responde Vidar.

– É bem por aí. Tudo vai dar errado se não impedirmos o mestre de continuar com seus planos. Não podemos só ficar sentados, achando a vida linda. Você não acha?

Vidar tinha se esquecido completamente do mestre. Como pôde ter feito isso?

– Se fôssemos mais espertos, teríamos seguido o homem de olhos azuis para ver onde ele vive, mas eu nem pensei em ir atrás dele.

– Laurentia tem que decifrar a escrita cuneiforme primeiro – observa Amir. – Nós não precisamos fazer nada.

– Então, é melhor ir até a casa de Cassandra e não fazer nada lá. Além disso, já tínhamos combinado tudo com ela e não podemos deixar de ir – diz Lo, pegando Amir e o levando consigo.

Vidar voa atrás deles. Muito estranho que ele tenha se esquecido de que todos iriam se encontrar lá.

～ ～

Lo é a primeira a chegar ao apartamento. Cassandra e Stella estão limpando e já colocaram grande parte das coisas em ordem, mas os sinais de destruição no apartamento são mais que evidentes. Nem se parece mais com um lar. A única coisa boa nessa história é que elas conseguiram encontrar os microfones de escuta, um na cozinha e outro na sala.

– Eu joguei os microfones na privada e dei descarga – diz Stella rindo. – Espero que eles tenham ficado com dor de ouvido.

– Foi uma ótima iniciativa – Lo afirma e Stella fica feliz com o elogio. – Eu mesma pareço ter perdido toda a minha capacidade de tomar iniciativa. É como se eu não quisesse fazer mais nada, nem consigo pensar direito.

– Faz quanto tempo que vocês se transformaram em anjos? – pergunta Cassandra, quando Stella lhe conta o que Lo havia dito.

– Não mais que 24 horas de cada vez – Lo responde.

Stella continua a repetir as palavras da outra.

– Mas vocês já viraram anjos muitas vezes? – indaga Cassandra.

– Sim, um pouco aqui e ali. Agora podemos usar qualquer pia batismal para a transformação.

– Acho que li algo sobre o assunto – diz Cassandra. – Espere, vou buscar o livro.

Os livros não tinham sido destruídos como os enfeites da casa, ao derrubarem as estantes. Ainda bem. Cassandra apanha um livro e começa a folheá-lo. Quando encontra a página certa, lê em silêncio para si mesma, antes de fazer uma pergunta:

– É verdade que vocês não querem mais ser humanos?

– Eu gosto de ser anjo – responde Vidar. – Não pensei em voltar a ser humano novamente.

Vidar sacode a cabeça com energia, como Lo tinha feito, para deixar os pensamentos mais claros.

– Mas eu não me sinto o mesmo. Até me esqueci do mestre, o que é muito estranho.

– Por que vamos voltar à forma humana se estamos melhores assim? – questiona Amir deitado de barriga para cima, no ar, sacudindo as asas levemente, assim como se faz quando se está boiando na água. Parece tão bom que Lo o imita, mas a seriedade na voz de Cassandra lhe dá um susto.

– Vocês se transformaram em anjos com demasiada frequência – diz Cassandra. – Devem voltar à forma humana o mais rápido possível, do contrário serão somente anjos para sempre.

Lo escuta os pensamentos preocupados de Cassandra e sente como ela teme que os três sejam apanhados pelo homem de olhos azuis, mas, se eles ficassem presos na sua forma de anjo, ela nunca perdoaria a si mesma. Fica pensando em Sinikka, que perderia Lo para os anjos. Não poder abraçar a própria filha, nem vê-la ou falar com ela seria uma coisa terrível. Mesmo que Lo vivesse como anjo, seria o mesmo que estivesse morta e isso não pode acontecer.

– Como era o nome da gata punk que trouxe a carta? – pergunta Cassandra.

– Lina – responde Amir.

– Isso. Lina. Ninguém sabe que vocês a conhecem, portanto estarão seguros. Vocês devem ir até a casa dela e permanecer na forma humana o máximo de tempo possível – diz Cassandra. – Agora! Não há tempo a perder!

Vidar e Lo entendem a seriedade da situação, mas Amir continua flutuando no ar, de barriga para cima, parecendo muito satisfeito. Cada um deles o pega por uma das mãos e o levam em direção ao teto.

– Esperem! – Cassandra fala. – Eu preciso lhes contar uma coisa. Na noite passada, eu realizei uma cerimônia e fiquei sabendo que um anjo de luz de seis asas está a caminho para nos ajudar a combater o mal. Fiquem atentos, vocês precisam de toda a ajuda possível.

"Um anjo de luz de seis asas", pensa Lo, quando ela e Vidar voam com Amir entre eles, e se enche de esperança. Um anjo de luz chegará até eles. Lo olha para o céu, que está cheio de nuvens fofas e brancas, muito perto umas das outras. Não se pode avistar se há alguém a caminho, mas, quando o anjo de luz vier, poderá vê-los. Lo tem certeza absoluta disso.

<hr>

Amir sente dor no pé assim que volta à sua forma humana. Por que ele não pode continuar sendo anjo e ficar sem sentir dor no pé? Vidar e Lo também se transformaram, com ajuda da pia batismal na igreja. Eles tinham voado até a igreja mais próxima da casa de Lina, mas ainda há um bom caminho para percorrer a pé.

– Vamos ajudar Amir juntos – diz Lo.

– Está bem – responde Vidar, segurando Amir de um lado.

Amir vai pulando em um pé só, apoiando-se em Lo e Vidar. É bastante longe, ele já se sente cansado e está suando muito, assim como os outros. Não é apenas o esforço que os faz suarem, o asfalto sob os pés deles parece areia fervente em um dia quente de verão, apesar de o sol nem estar mais brilhando. Já é noite e o sol já se pôs.

Uma luz ilumina as últimas notícias na banca de jornal por onde eles passam. Na capa de um dos periódicos, eles podem ver os seus rostos e, em letras garrafais, está escrito: AJUDEM AS CRIANÇAS A VOLTAREM PARA CASA, NO SÍTIO PAZ CELESTIAL. A MÃE ADOTIVA ESTÁ MUITO TRISTE E OFERECE 50.000 COROAS COMO RECOMPENSA.

– Maldita Gunvor! – diz Lo, apressando o passo a fim de deixar a banca de jornal para trás, mas ela tem tempo de ler o que está escrito debaixo da foto deles. – Escreveram que estamos fantasiados de punks, mas já não é bem assim – observa Lo, olhando para os amigos. – Nas fotos, estamos como realmente somos. Porém, não acho uma boa ideia nos fantasiarmos agora, quando já sabem. Vocês podem se apressar um pouco?

Amir está arquejante por causa do esforço e não aguenta mais ficar pulando em um pé só.

— Preciso descansar — diz ele, parando junto a um banco.

— Está bem, eu vou na frente para dar uma olhada — informa Lo.

Amir respira aliviado, recosta-se no espaldar do banco e fecha os olhos.

— Olhem o que eu encontrei — Lo fala, quando retorna até eles.

Amir abre os olhos e vê Lo empurrando um carrinho de mão. Ela coloca o carrinho ao lado dele.

— Tenha a bondade — diz ela, ajudando Amir a se acomodar no carrinho de mão.

Em seguida, vão embora dali com Amir no carrinho. Quando ele olha adiante, avista a ponte para Skeppsholmen e não falta muito para chegarem à casa de Lina. O vento sacode os seus cabelos e forma pequenas ondas nas águas. Ele se sente desprotegido ao atravessarem a ponte, só deseja chegar ao outro lado e ficar abrigado entre os prédios e as árvores altas. Lo e Vidar devem estar se sentindo da mesma forma, pois eles aumentam o passo.

Uma pedra no caminho faz o carrinho dar uma sacudida e o pé de Amir esbarra na ponte. Ele geme de dor.

— Desculpe — Lo fala, diminuindo a velocidade.

— Não faz mal — responde Amir. — É melhor ir rápido, para sair daqui de uma vez.

— Parem! Esperem! — uma voz masculina e zangada grita para eles.

Oh, não! Deve ser alguém que os reconheceu das manchetes! Lo e Vidar começam a correr. O carrinho sacode muito e Amir se segura com força, tentando não bater mais com o pé machucado em algum lugar.

— Malditas crianças!

Um rapaz vem vindo pelo outro lado da ponte, na direção deles. Ele olha para Amir com um sorriso divertido nos lábios.

— Parem essas crianças! Elas devem ser presas! — grita o homem atrás deles.

A expressão no rosto do rapaz se altera e ele parece zangado agora.

— Moço! Segure-os até eu chegar aí! — o homem berra.

Amir se deixa afundar no carrinho, o melhor no momento é desistir. Eles não têm a mínima chance de escapar.

Vidar olha implorando para o rapaz que vem ao encontro deles na ponte.

– Por favor – pede ele –, deixe-nos passar!

– ¿*Qué*? – indaga o rapaz, parando em frente deles.

Vidar tenta se lembrar de alguma palavra em espanhol e acaba dizendo a única que sabe.

– *Nada* – diz ele, fazendo um sinal com a mão para o rapaz sair da frente e deixá-los passar, o que o rapaz entende e obedece.

Mas já era tarde demais. Uma mão grande segura Vidar pelo ombro, virando-o. À sua frente, há um homem de uniforme de trabalho. Ele está descabelado e tem a barba presa em uma trança que chega até a sua barriga arredondada. Com a outra mão, ele segura Lo.

– Vocês não aprenderam em casa que isso não se faz? – ele os repreende.

– O quê? – Vidar não entende nada. Ele não vai entregá-los à polícia para receber a recompensa?

– Roubar as coisas dos outros!

– Ah, era isso? – espanta-se Vidar aliviado.

– Ah, é? Você não acha nada de mais roubar as coisas dos outros?

– A culpa é minha – diz Lo. – Fui eu que roubei o carrinho de mão. Foi feio da minha parte e peço desculpas. Mas o nosso amigo torceu o pé e não consegue andar.

– Como você está? – pergunta o homem, olhando para Amir.

– Estou bem – responde Amir, fechando os olhos. Ele apresenta a respiração pesada e está suando muito.

– Você não parece bem – retruca o homem. – Deveria ir ao médico dar uma olhada.

– A minha mãe é pediatra – responde Amir com a voz enfraquecida.

– Isso mesmo – confirma Lo. – Nós estamos levando-o para casa, a fim de que seja cuidado pela mãe.

– Eu vou junto com vocês e depois trago o carrinho de volta – diz o homem, estendendo seu braço tatuado para segurar no puxador do carrinho.

– Estamos quase chegando e não precisamos mais do carrinho agora – fala Lo.

Ela pensa o mesmo que Vidar, que não seria bom se o homem ficasse sabendo para onde iriam, no caso de ele ver as manchetes e descobrir que são eles os procurados.

– Desculpe mais uma vez por eu ter roubado o carrinho – diz Lo.

– Não faz mal – responde o homem, pegando o carrinho. – Mas pergunte primeiro da próxima vez!

– Eu pergunto – afirma Lo, apoiando Amir.

Vidar se posiciona do outro lado, dando apoio também a Amir, e eles vão andando os últimos metros que faltam para atravessar a ponte. Chegam sãos e salvos ao outro lado. Ainda bem que o homem não os tinha reconhecido! Agora Vidar só quer chegar à casa de Lina.

A casinha vermelha de Lina brilha como se fosse uma miragem no deserto. Ele mal pode acreditar no que vê, mas é isso mesmo. Eles tinham conseguido, finalmente, chegar.

Lina está sentada no sofá, com a cabeça de Amir em seu colo. Ele tinha tomado um analgésico e adormecido. Lo acomodou-se ao lado, comendo um sanduíche de queijo. Vidar já está no seu segundo sanduíche e está bebendo água. Suas forças estão voltando aos poucos, ele se sente alegre e aliviado ao mesmo tempo. Eles podem ficar escondidos aqui e Lina tinha telefonado a um amigo veterinário, uma pessoa de confiança que sabe guardar segredos. Ele costuma participar de atividades secretas pelos direitos dos animais, além disso, ele tem grandes conhecimentos na área da saúde, tanto animal quanto humana. Lina acha bom ele dar uma examinada no pé de Amir.

Batem na porta, duas batidas rápidas e três lentas.

– É o Indigo. Você pode abrir, Vidar?

Vidar se levanta e abre a porta. Um rapaz alto de *dreadlocks* e de casaco florido está parado ali.

– Indigo Jönsson, veterinário e ativista da causa animal – diz ele sorrindo. – Mas a última parte não é de conhecimento geral, pois é melhor assim.

Vidar compreende bem, pois a luta pela justiça deve ser mantida em segredo às vezes e isso ele tinha aprendido agora. É muito difícil saber em quem se pode confiar. Muitas vezes, deve-se arriscar, assim como haviam feito com Laurentia, e tiveram sorte nesse caso. Indigo estar ali para ajudá-los também é muita sorte. O pé de Amir receberá tratamento.

Amir continua deitado no colo de Lina quando Indigo se curva para transpor a passagem baixa que dá para a sala. Indigo tem um estilo completamente diferente do de Lina e sua banda. Ele usa *dreadlocks* enfeitados com contas vermelhas, um casaco comprido bordado com flores em azul e verde e sandálias douradas nos pés. Mas a sua maleta de médico é daquelas antigas, de couro marrom-escuro. A mãe de Amir tem uma igual, no *hall* da casa deles, como enfeite, porque é muito bonita. Indigo traz um par de muletas para Amir.

– Minha nossa! – exclama Indigo ao ver o pé inchado de Amir.

– É tão grave assim? – pergunta Amir.

– Peço desculpas por parecer tão exagerado. Não é tão grave. Somente inchado demais. Preciso esfriar o seu pé com gelo para começar. Você tem gelo, Lina?

– Tenho o freezer cheio – responde Lina, indo para a cozinha buscar.

– Depois vou enfaixar o seu pé com uma tira elástica. O melhor é que coloque o pé para cima e fique de repouso o máximo possível, mas, pelo que eu entendi do que disse Lina, você não pode ficar só descansando.

– Não posso – diz Amir. – Temos que estar prontos para ir embora quando for preciso.

– Que coisa horrível! Vocês são apenas crianças – fala Indigo.

– Eu já tenho 14 anos – Vidar declara.

– *Sorry*, jovens é o que eu queria dizer. Tenho um pouco de dificuldade com o idioma às vezes – diz Indigo sorrindo. – Nasci em um táxi, a caminho do Aeroporto de Arlanda. A minha mãe trabalhou até o fim da gravidez.

Amir não entende o que Indigo quer dizer. Não se deveria ter problemas com o idioma só porque se nasceu em um táxi.

– Trabalhe e pare de falar – Lina adverte. – Eles não entendem as suas piadas malucas.

– Trabalhar, trabalhar e sem falar – retruca Indigo abrindo a maleta de médico.

Em seguida, ele pega uma tira elástica e começa a enfaixar o pé de Amir. Indigo fala sem parar, sobre tudo e nada, e é muito divertido de escutar, mesmo que Amir fique sem entender as piadas do outro. Há algo de engraçado na sua voz e o riso parece fazer parte, o que contribui para que Amir se sinta bem, apesar de o tratamento não ser tão agradável assim. Indigo tinha enfaixado o seu pé bem apertado.

– Pronto! – anuncia Indigo. – Lindo! Deve ser a faixa mais bonita que eu já fiz.

– É verdade – diz Lina, examinando o pé de Amir. – Mas será que não está apertado demais?

– É só para poder desinchar. Vai ficar assim por uns 15 minutos e depois eu solto.

Indigo se abaixa e olha para Amir com seus olhos castanhos esverdeados e bondosos, antes de continuar:

– Como você se sente, amiguinho?

Amir começa a chorar contra a sua vontade. Todo o carinho e essa amizade que vêm de Indigo o deixam triste, mas deveria ser o contrário, pois imagine se todas as pessoas fossem boas como o veterinário. O mundo seria um lugar muito melhor e eles não precisariam ficar fugindo. Indigo o faz lembrar de como era tudo antes de a mãe ir para a prisão, quando Amir ainda acreditava em justiça. Ele sente falta de sua vida do passado, quando ainda acreditava que o mundo era bom.

– Amir e Vidar, joguem-se no chão! – diz Lo de repente, escondendo-se atrás do sofá. – Tem um homem esquisito do outro lado do portão, olhando para cá.

Amir reage rapidamente, acompanhando Lo, e percebe como seu pulso acelera. Agora os três estão abrigados atrás do sofá. Só esperam que o homem não os tenha visto.

– Vou lá dar uma olhada – Lina fala. – Não deve ser nada de mais, acho que sei quem é.

Indigo não faz perguntas, tudo parece muito natural para ele. Ele, certamente, nem ficaria surpreso se tomasse conhecimento de que os três conseguem se transformar em anjos.

Lina volta para dentro e conta a todos que o homem era apenas um vizinho, que mora com a mãe em um apartamento mais adiante. Às vezes, ele fica parado no mesmo lugar por muito tempo, até que alguém lhe mostre o caminho para casa. Ele teve encefalite quando era pequeno e ficou com uma lesão cerebral, portanto não pode tomar conta de si próprio, mesmo já tendo bastante idade.

– Ele fica parado aqui às vezes, quando sai para caminhar pela ilha – conta Lina. – Não são muitas pessoas que vêm até aqui, tem um turista ou outro que se perde de vez em quando. Vocês não precisam se preocupar.

– E o pessoal da banda? – pergunta Lo, olhando para o pôster pendurado na parede.

"Flyktsoda" está escrito na parte superior, em letras vermelhas. Jocke com seus cabelos negros e espetados, exatamente como usava quando se encontraram no ônibus, mas os de Hasse não estavam como de quando o havia conhecido. No pôster, ele possuía cabelos cor de laranja, do mesmo tom dos cornos de diabo de Lina. Os cabelos compridos e castanhos de Francesca estavam arranjados como um halo ao redor de sua cabeça. Eles parecem muito legais. Lo fica com um olhar sonhador.

– Eles vêm aqui? – ela pergunta.

– Mas é claro. Nós ensaiamos nesta casa e podemos confiar neles.

– O trabalho me chama – diz Indigo, entregando a Amir uma pequena sacola. – Aqui você tem tudo o que precisa: um rolo de faixa elástica e um pacote de analgésicos. Tome um a cada seis horas. Eles são anti-inflamatórios também, bons para desinchar o seu pé.

E completa:

– Vai melhorar agora – afirma Indigo antes de se despedir.

Amir acredita nele e espera que seja assim com todo o resto. Mas, lá no fundo, sabe que as coisas irão piorar. O equinócio de primavera se aproxima e eles ainda não fazem a mínima ideia de como impedirão os planos do mestre.

~~~

Lo respira fundo quando ouve aquela voz conhecida: rouca, quente e levemente cantante. Ela a reconheceria em qualquer lugar, mas agora a voz está ali, no *hall* de Lina. Apesar de ter se preparado, ela não consegue evitar e fica corada quando Jocke chega à sala.

– Oi, Lo – diz ele, estendendo a mão para ela. – Nossos caminhos voltaram a se cruzar.

– Só por um momento – Vidar retruca, intrometendo-se no meio dos dois, antes que Jocke consiga dar a mão para Lo.

"Mas, Vidar! Por que ele fez isso?" Lo queria que Jocke lhe desse um beijo na mão. Não se importa que ele faça isso com todas as outras garotas que encontra, ela se sente especial mesmo assim, de uma maneira que nunca antes havia se sentido e quer ter aquela sensação novamente.

Ela não está interessada em Jocke, não é isso, pois não se importa com garotos. A mãe tinha lhe dito que um dia ela iria se apaixonar de verdade, quando ficasse mais velha, mas Lo não acredita nisso. Não pretende fazer papel ridículo como Stella costuma fazer.

A banda está lá para ensaiar e Hasse é o último a entrar na casa.

– Olhe só! – exclama ele quando os vê. – Os filhos de criação fugitivos de Lina voltaram para casa. Vocês vão tomar conta daqui agora?

– Não se importem com ele – Francesca fala. – Hasse está zangado com o pai dele na verdade, porque não apareceu para nos ver como havia prometido. Aí, todo mundo tem que ouvir as besteiras dele.

– Pare com isso, eu tenho certa responsabilidade aqui – esbraveja Hasse, colocando o estojo do baixo sobre a mesa. – O meu pai nos deixa usar a casa como local para ensaiar. Ele nem imagina que Lina mora aqui e, se ele ficar sabendo que três crianças fugitivas estão se abrigando neste lugar, vai nos botar direto na rua.

– Então, temos que dar um jeito de ele não ficar sabendo, está bem? – diz Lina, implorando com o olhar para Hasse, que suspira fundo.

– Está bem – ele responde, finalmente. – Tem alguém querendo ensaiar agora ou vamos ficar aqui só falando bobagem?

Jocke vai até o microfone, tira-o do suporte e o segura junto à boca. O ruído da sua respiração chega aos ouvidos de Lo. Ela está sentada ao lado da caixa do alto-falante e se aproxima ainda mais. Jocke aguarda que os outros tomem os seus lugares junto aos instrumentos. Lina se posiciona ao órgão e olha para Francesca, que está acomodada à bateria.

– Um, dois, três, quatro – e ela começa a tocar bateria no mesmo ritmo que as batidas do coração.

Lina toca uns acordes sombrios no órgão e os dedos de Hasse se movimentam pelas cordas do baixo. Uma melodia atraente começa a soar. A voz de Jocke, muito rouca, ecoa.

– Arme-se com asas, arme-se com música. Arme-se com tudo aquilo que você sonhou – ele canta.

Lo estremece, pois a banda também está relacionada com tudo o que vem acontecendo. Não pode ser apenas uma coincidência eles terem se encontrado, que tenham sido levados até a mesma igreja. Foi através da pia batismal que Lo ouviu "arme-se com asas" pela primeira vez. Não pode ser só um acaso o fato de Jocke estar cantando as mesmas palavras.

Ela fica sabendo, quando todos se reúnem na cozinha para comer sanduíches, que aquelas palavras não são de Jocke. A banda faz *cover* das músicas de outras pessoas, principalmente de Ebba Grön, Imperiet e Thåström.

– Jocke quer ser como Thåström, mas ele é vaidoso demais – conta Lina. – Na verdade, o nome dele é Johannes, mas ele diz que sempre foi chamado de Jocke. Eu acho que isso é invenção dele.

– Quando se fala no diabo... – diz Hasse saindo da cozinha.

– Vocês estão falando de mim? – pergunta Jocke sorrindo, chegando à cozinha.

– Como sempre – responde Francesca, erguendo a sobrancelha.

Jocke se senta ao lado de Lo e abre uma garrafa de cerveja. Ele conversa com os outros, mas coloca um dos braços apoiado no encosto da cadeira de Lo. Apesar de ele nem tocar nela, Lo sente como se a estivesse abraçando. Ela se concentra em preparar um sanduíche, para parar de pensar nisso.

– Temos que compor as nossas próprias músicas. Uma *demo* de *covers* não nos dará nenhum contrato com alguma gravadora – afirma Jocke.

– Sim – Lina concorda. – Mas se não ensaiarmos as músicas de outros, nunca ficaremos realmente bons.

– Se não compusermos as nossas próprias canções, nunca ficaremos bons nisso também.

– Tem uma coisa aí, Jocke. Se não usarmos os nossos contatos, nunca conseguiremos um contrato – diz Francesca, olhando significativamente para Jocke.

– Passe-me o telefone – pede Jocke.

Francesca levanta o fone do antigo aparelho que está no chão e o coloca em cima da mesa.

– Fique à vontade!

Jocke coloca o fone junto ao ouvido, estende a mão para discar, mas para no meio do caminho, apoiando a mão sobre a mesa. Nesse instante, encosta na mão de Lo, que tem vontade de tirá-la, mas não consegue. A sensação é agradável e esquisita ao mesmo tempo.

– É tão difícil assim? – pergunta Francesca. – Afinal, ela é a sua ex-namorada.

– Ela não é dona da gravadora, só está namorando aquele idiota, em quem eu gostaria de dar um chute no traseiro – diz Jocke, jogando o fone de volta, o que causa um ruído no aparelho. – Mas não foi por isso que eu desliguei. Hasse está falando com alguém no outro telefone.

– Sorte sua – diz Francesca, divertindo-se com a situação.

Jocke não dá importância para ela e se vira para Lo:

– Lo, que tipo de música você curte? – ele sorri ao perguntar, fazendo seus olhos verdes brilharem.

Lo tinha decidido que não iria mais ficar corada, mas não consegue controlar. Seu rosto parece em chamas, mas talvez os outros nem percebam, já que todos estão avermelhados do calor.

– Pare com isso, Jocke – Francesca fala. – Você está deixando a garota sem jeito.

– Quer que eu deixe você sem jeito? – indaga Jocke, olhando para Francesca, ao mesmo tempo que tira a camiseta e seca o suor da testa, antes de soltar a peça no chão.

Francesca apanha a camiseta e a joga de volta para Jocke.

– Ela está suada – diz ele, jogando a camiseta de volta para Francesca.

Eles começam a lutar e a rir como duas crianças, apesar de terem pelo menos 18 anos de idade. Lo põe-se a rir também, pois está muito divertido. Ela e Amir, do mesmo modo, costumam cair no chão de tanto rir. Francesca e Jocke acabam caindo também, mas em seguida começam a fazer algo que Lo não costuma fazer. Ela, na verdade, não quer ficar ali olhando para eles, mas não consegue evitar. Eles se beijam, suas línguas se movem dentro das bocas, quase como se um fosse devorar o outro. Ela acha muito nojento, ainda bem que não tinha acabado de comer.

– Mas vocês dois aí! – Lina os repreende. – Vão se agarrar noutro lugar!

– Não estamos nos agarrando – Jocke retruca. – Estamos nos beijando.

– Já terminamos – diz Francesca se afastando de Jocke.

Ela se levanta e se acomoda sobre a bancada da pia da cozinha. Fica sacudindo as pernas, como se nada houvesse acontecido. Jocke também se ergue e volta para o lugar ao lado de Lo novamente, sem se preocupar com a presença de Francesca. Ele pisca para Lo e levanta a mão, como se fosse tirar um fio de cabelo do rosto dela.

– Pare com isso! – Vidar exclama, olhando com cara feia para Jocke.

– O que foi? – pergunta Jocke.

– Você sabe muito bem, Jocke – diz Lina. – Isso que você sempre faz, flertar. Lo é menor de idade.

Jocke levanta as mãos e se move para trás.

– Não precisa fazer drama. Não estava flertando de verdade, era só de brincadeira.

– Você não pense que pode ficar fazendo isso só porque se acha um músico bacana – alerta-o Vidar.

Lo está com vergonha, coisa que ela quase nunca sente, mas agora constrange-se tanto que fica praticamente muda. Como Vidar pode fazer uma coisa dessas contra ela? Como pode envergonhá-la assim na frente dos outros? Ela queria dizer algo para que os outros esquecessem o que tinha sido dito nos últimos minutos. Queria voltar ao ponto que Jocke estendia a mão para tocar nela, olhar em seus olhos verdes e ouvi-lo dizer algo bonito com sua voz rouca.

– Ele está apaixonado – diz Jocke, mas não olha para Lo, e sim para Vidar. – O garoto se apaixonou.

Vidar fica com o rosto muito vermelho, tão vermelho quanto o de Lo, quando ela olha para Jocke. Pela primeira vez, Lo percebe que Jocke tem razão. Vidar está apaixonado por ela. Tudo faz sentido agora. Vidar gaguejando quando fala com ela, o rosto dele sempre corado e o desvio do olhar quando ela nota que ele a olha. Lo fica revoltada, não quer aceitar a ideia, não pode ser verdade.

– Ela é minha amiga – afirma Vidar olhando para Jocke. – Não quero que você a magoe.

Um leve ruído de sirenes se ouve ao fundo. Lo fica paralisada e o barulho vem se aproximando.

– Quem foi que ligou para a polícia? – pergunta Jocke, rindo como se fosse uma piada.

– Não fui eu – diz Hasse, ao mesmo tempo que entra na cozinha com cara de culpado.

As luzes azuis iluminam as paredes da pequena cozinha quando um carro de polícia estaciona em frente ao portão.

– Mas que coisa! – surpreende-se Jocke. – Eles vieram para cá!

# 14

Vidar sai correndo atrás de Lo e vão para o quarto onde Amir está deitado dormindo. Enquanto Lo acorda Amir, Vidar abre a janela, ao mesmo tempo que ouvem batidas na porta da casa.

– Abram! É a polícia! – ordena uma voz feminina.

– A porta está emperrada – diz Lina. – Espere que eu vou tentar abrir.

Francesca fecha a porta do quarto e mostra seus dedos cruzados pelos três amigos.

Vidar sai pela janela, ajudando Amir que vem atrás.

– Como está o seu pé? – Vidar pergunta baixinho.

– Está bem – Amir responde, apoiando-se nas muletas que Indigo tinha lhe dado.

Lo também pula pela janela e faz sinal para Vidar e Amir irem atrás dela, bem escondidos entre os arbustos. A escuridão os ajuda a atravessar o jardim pelos fundos da casa e sem serem vistos. Eles têm chance de escapar se forem rápidos. Vai levar um tempo até que a polícia entre na casa e não os encontre lá.

Quando Vidar se aproxima da cerca, vê algumas sombras se movendo por lá. Ele olha com mais atenção e avista dois policiais de guarda. Vidar olha para o lado esquerdo e lá há mais dois policiais.

– Corra! – grita Lo, indo muito apressada.

Mas ela não tem chances de escapar, o local está cercado de policiais. Um deles a apanha e segura seus braços com força, presos às costas. Não adianta correr. Vidar fica parado, esperando, com Amir ao seu lado. Os dois aguardam como se fossem cordeiros prontos para serem abatidos. Sabem que não há nenhuma chance de escapar.

As luzes azuis piscam em frente ao portão. Três policiais seguram Vidar, Lo e Amir. Vidar olha para Lo tentando se comunicar com ela, mas a garota só olha para frente. Vidar sente a luz de flashes e um microfone aparece na sua frente.

– Por que vocês fugiram do lar adotivo? – uma mulher lhe pergunta. Ela tem uma câmera pendurada no pescoço e uma bolsa com um gravador. É repórter.

– Saia daqui – diz o policial. – Queremos fazer o nosso trabalho em paz.

– Eles são duros com você? – a repórter questiona Vidar, sem se importar com a polícia.

– Não fizemos nada de errado – fala Vidar suplicando. – Só queremos justiça.

– Justiça, mas com relação a quê?

– As nossas mães são inocentes...

O policial coloca a mão sobre a boca de Vidar, para fazer o garoto se calar.

– Vamos levar os garotos para dentro – anuncia ele, bem alto. – Não podemos ficar aqui sendo incomodados.

– Não vamos encaminhá-los à delegacia? – pergunta outro policial.

– Não, este caso será tratado no nível superior. Estamos aguardando pela unidade especial.

A repórter tenta ir junto, mas os policiais fazem um círculo ao redor de Vidar, Lo e Amir e os levam para a casinha de Lina.

– As suas mães são inocentes do quê? – grita a repórter.

Antes de Vidar responder, Lo grita:

– Elas foram condenadas por assassinato e são inocentes! Dê uma olhada no juiz Eberth e...

Lo se cala. Sua boca está tapada pela mão de um policial. A porta se abre e eles entram na sala da casa de Lina novamente.

– Ai! – berra um policial, segurando a própria mão. – Criança desgraçada!

A mão do policial está sangrando e Lo parece muito satisfeita naquele seu momento de raiva. A apatia de Vidar desaparece e ele sente muita raiva percorrendo o seu corpo. O policial não tem o direito de fazer isso. Ele abre a boca, morde o policial que o segura e lhe dá um chute ao mesmo tempo. O policial solta um grito e segura o braço de Vidar com mais força. A dor faz com que Vidar se curve para frente, mas ele não se dá por vencido. Ele aplica pontapés e tenta se desvencilhar, por mais dor que sinta. Pelo canto do olho, vê Lo chutar e arranhar selvagemente em todas as direções. Os policiais já não conseguiam mais segurá-la.

– Vamos fechá-los no quarto! – um policial ordena. – E coloquem um guarda do lado de fora da janela.

Apesar de eles lutarem o máximo que podem, acabam sendo trancados no quarto. Estão de volta onde tudo tinha começado, mas desta vez não conseguirão escapar pela janela, pois há um policial de guarda lá fora. Não é Francesca quem fecha a porta do quarto e cruza os dedos. Desta vez, é um policial furioso, que bate a porta com força e tem a mão ensanguentada. Ele esbraveja:

– Malditas crianças! Vocês vão pagar pelo que fizeram!

– Você também! Vou dar um jeito de o mandar para o inferno, entendeu? – Lo grita, mas o outro nem responde.

Ela está tão furiosa. Seus olhos mostram toda a raiva que sente quando Vidar olha para ela. Ele espera que esteja irada apenas com os policiais. Apesar de estarem vivendo um pesadelo no momento, Vidar não consegue parar de pensar no que Jocke havia dito. Que ele estava apaixonado. Ele? Apaixonado por Lo? Não, não é verdade. Ele gosta dela como amigo. Ela é boa pessoa; nem sempre, mas é. Gosta de implicar e, às vezes, passa do limite, mas não quer o mal de ninguém. Ele adora ver quando ela fica toda animada, como enruga a sobrancelha antes de cair na risada, como mexe no lóbulo da orelha enquanto pensa, como seus olhos brilham ao ter uma ideia. Apesar de estar zangada, como agora, ela espalha muita energia. Ele não consegue parar de observá-la. Lo é a garota mais bonita que ele já viu.

Nesse momento, Vidar percebe que Jocke tem toda a razão. Ele está apaixonado por Lo e está assim há muito tempo, mas sem entender. Aquela sensação quente e formigante que toma conta dele quando olha para ela. Como ele não tinha percebido antes? Ele estava apaixonado por ela secretamente, tão secretamente que nem ele sabia e agora já não era mais segredo para ninguém, nem mesmo para Lo.

Amir teme o que está para acontecer. Olha para os outros, tentando adivinhar seus pensamentos. Lo não havia dito mais nada desde que gritara para o policial que os tinha trancado ali, mas ela ainda parece estar muito zangada. Vidar dá a impressão de estar pensando em algo difícil, o que não é de estranhar. Na última vez em que Amir tinha ouvido alguém dizer que o caso seria tratado em um nível superior, o homem de olhos azuis estava envolvido. Deve ser por ele que os policiais estão esperando. Ele é que os levará embora, direto para as mãos do mestre.

– Não quero morrer – diz Amir.

– Não se preocupe – Lo declara. Ela está sentada ao lado de Amir na cama e lhe dá um abraço. – Seu pé vai ficar bom.

– Tome mais um analgésico – aconselha Vidar, sentando-se do outro lado da cama. – Você vai se sentir melhor.

– Mas vocês não estão entendendo – Amir retruca. – O homem de olhos azuis vai nos levar para o mestre e aí...

– Ninguém vai levá-lo – diz Lo, com um olhar matador. – Irei protegê-lo com a minha vida. Hoje, amanhã e para sempre.

– Juntos somos fortes – acrescenta Vidar.

Amir quer muito acreditar nos dois amigos e não diz nada contra "juntos somos fortes".

– Se conseguirmos fazer com que o homem de olhos azuis nos leve até uma igreja – pondera Amir. – Como se fosse a nossa última vontade.

– Por que ele iria fazer a nossa última vontade? – pergunta Vidar.

– Ele não pode nos negar isso – diz Amir.

Vidar está prestes a dizer alguma coisa, mas Lo olha para ele com uma expressão muito decidida, fazendo-o desistir de falar.

– Acho que ele não iria nos negar um último desejo – calcula Lo. – É a nossa chance. Depois que nos transformarmos em anjos e assim que Laurentia decifrar as escrituras, ficaremos sabendo como impedir os planos do mestre.

Tudo parece bom demais para ser verdade, mas existe a chance de funcionar.

– Onde estão os seus analgésicos? – Vidar pergunta.

– Aqui – responde Amir, tirando a sacola de remédios do bolso.

– Ótimo. Tome um para se sentir bem quando chegar a hora.

Amir coloca o comprimido na boca e tenta o engolir sem água, mas é impossível. Ele olha em volta no quarto e vê um copo de café velho e frio sobre a mesa de cabeceira de Lina. Tem um gosto nojento, mas o líquido ajuda o remédio a descer. Logo se sentirá melhor. Nem tem mais tanta dor no pé. Indigo fizera um bom trabalho.

Uma leve batida na janela faz com que o olhar deles se desvie para lá. Será que alguém tinha conseguido tirar o policial dali? Tem alguém querendo ajudá-los a fugir? Lo apaga a luz para ver quem é.

Não é nenhum amigo deles nem ninguém que tinha vindo para ajudá-los, muito pelo contrário. É o homem de olhos azuis quem está ali. Ele sorri friamente para eles.

– Eu vou fazer a volta e entrar pela porta – diz ele em voz alta. – Depois vocês serão meus – acrescenta ele somente movendo os lábios.

Amir não acredita mais que esse homem atenderia a última vontade deles na vida. Mesmo que ele realmente quisesse, não será possível. O homem de olhos azuis nada tem de bom dentro de si. Ele é apenas a pura maldade em pessoa.

## 15

Lo odeia o homem de olhos azuis tanto quanto ela odeia Gunvor. Antes ela achava que Gunvor era a pior pessoa que já tinha conhecido em sua vida, mas agora há dois exemplares disputando o lugar. Ela não acredita que o homem de olhos azuis irá realizar o último desejo deles. Tinha concordado com Amir para não tirar todas as esperanças do garoto, queria lhe dar um pouco de alegria antes de ele entender que não há mais salvação. Nada pode salvá-los agora.

O tapete do quarto está meio levantado, como se houvesse alguém debaixo dele, querendo sair. O texugo? Será que o animal havia cavado um túnel para eles como fizera no Paz Celestial, quando se encontravam trancados no *bunker* e Lo tinha achado que estavam perdidos?

Mas não é o texugo desta vez. É Hasse. Ele faz um sinal de silêncio com o dedo sobre os lábios e indica para que desçam pelo alçapão que há no assoalho. Eles não devem confiar nele, pois foi Hasse quem chamou a polícia. Lo tem certeza disso. Ele estava com cara de culpado quando apareceu na cozinha.

– Venham agora – murmura Hasse.

Lo faz o que ele está pedindo. Ele pode ter se arrependido, talvez queira salvá-los agora. De qualquer jeito, o homem de olhos azuis é muito pior. Hasse ajuda Amir a descer e Lo lhe entrega as muletas, antes de segui-los. Quando todos estão lá embaixo, Hasse fecha o alçapão e coloca uma tábua trancando a passagem.

Lo, Amir e Vidar o seguem pelo corredor escuro e úmido. Passo a passo, o mais rápido possível. O chão é irregular, terra e pedras estalam sob os seus pés. Tem um odor de coisas velhas e lugar fechado, mas não tão nojento como Lo achava que era. Assim que ela conclui seu pensamento, um fedor horrível penetra no seu nariz, pior que o cheiro do banheiro público perto do parque onde costumava ir com a avó quando era pequena.

– Respire fundo e prenda a respiração – disse a avó na primeira vez em que tinham ido lá. – Você logo se acostuma.

Lo faz o mesmo agora, mas é tão nojento que ela sente vontade de vomitar. Tenta mais uma vez e percebe que já está se acostumando.

Hasse para e se vira para eles.

– Cuidado com a escada – alerta ele. – São quatro degraus até uma pequena ponte de metal por onde iremos passar.

– Por que você está nos ajudando? – pergunta Lo.

– Eu acho que não fui legal com vocês antes, então estava na hora de mudar. Vocês são apenas crianças e mesmo assim a polícia estava os tratando mal. Eu odeio a polícia!

– Por que você ligou para eles?

– Não sou nenhum informante deles!

– Mas quem teria ligado?

– Ouvi o policial dizer que tinha sido um cara com a barba trançada.

– Aquele imbecil! – diz Lo. – Ele deve ter visto a nossa foto nas manchetes e nos reconhecido.

– Vocês falaram com ele? – pergunta Hasse.

– Nós roubamos o carrinho de mão dele – Lo conta.

– Talvez não tenha sido uma boa ideia – conclui Hasse.

– É claro que era! Nós precisávamos para... – fala Lo, até que Hasse a interrompe.

– Não temos tempo para bater papo agora. Vamos logo e de uma vez.

Ele tem razão, mas ela odeia que achem que seja burra. Na hora, havia sido uma boa ideia roubar o carrinho de mão para levar Amir. O imbecil tê-los denunciado depois, não era culpa dela, pois 50 mil coroas eram um bocado de dinheiro. Mas o pessoal da banda não os denunciou para a polícia, nem mesmo Hasse. Nem todos são comandados pelo dinheiro.

Ouvem um ruído de descarga vir do cano maior ao longo da parede. Todos os excrementos das pessoas são misturados e descarregados através daquele cano debaixo da terra a caminho da estação de tratamento.

– Vamos sair por aqui – diz Hasse, que começa a subir por uma escada de metal.

Quando Hasse abre a tampa do bueiro, vem um vento quente com cheiro de poluição. Lo respira fundo, mas desta vez não é para se acostumar, e sim porque aprecia o cheiro da cidade. Vê um ônibus passando, ainda está escuro lá fora. Hasse estende a mão para ajudá-la a subir. Eles auxiliam Amir, que parece estar bem, apesar de tudo.

– Agora vocês vão ter que se virar sozinhos – Hasse fala. – Boa sorte!

– Obrigado – agradece Amir. – Foi muito bacana você ter nos ajudado.

– Vão embora agora – aconselha Hasse, que se afasta rapidamente, sem tempo para despedidas.

– Como ele tinha pressa, estava feliz por se livrar de nós – comenta Lo.

– Acho que ele ficou sem jeito com o elogio – diz Amir.

– Você acha? – pergunta Lo.

– Ele não deve estar acostumado com elogios – Amir afirma.

– Ele não está acostumado a ajudar os outros – alfineta Lo.

Ela olha à sua volta. Haviam chegado ao Kungsträdgården, portanto estavam perto da igreja de onde tinham vindo antes de irem para a casa de Lina.

– Venham comigo – diz Lo, mostrando o caminho.

Ainda bem que Amir tem as muletas e que estão por perto. Ela avista a porta da igreja. Agora é só baixar a maçaneta, abrir a porta, ir até a pia batismal e se transformar em anjo. Mas a porta está trancada e as chaves mestras dela ficaram na mochila, perto de uma outra igreja, muito longe dali e ao norte do país, onde a porta sempre está aberta, mas aqui na capital se trancam as portas.

<hr style="width:10%" />

Vidar fica olhando para a placa. Já tinha lido várias vezes e não entende por que eles só abrem às 11 horas. O sol está nascendo e ainda falta muito tempo. Eles não podem ficar ali à espera.

– Vamos até uma outra igreja – diz ele.

– Vou dar uma olhada nos fundos primeiro – Lo fala. – Esperem aqui.

Vidar não quer que eles se separem, mas Lo já tinha se afastado, sem que ele sequer tivesse tempo de protestar. Lo é muito impulsiva, não pensa antes de agir, o que é muito perigoso. Vai acabar se dando mal se ninguém a impedir. Vidar precisa ficar de olho nela, essa é a última vez que ele a deixa ir sozinha. Só espera que ela não tenha problemas agora.

– Por que demora tanto? – pergunta Vidar.

– Ela acabou de ir – responde Amir.

– Só espero que ela não faça nada de errado.

– Lo sabe o que faz... A polícia não vai nos encontrar aqui, não é? Eles precisam procurar nos túneis primeiro.

Vidar concorda com a cabeça. Amir parece tão desprotegido que ele não quer lhe revelar que provavelmente a polícia deve ter um cão farejador para procurá-los. O cão levará a polícia diretamente ao túnel debaixo da casa de Lina, mas deve demorar um pouco até que consigam chegar lá. Nesse tempo, eles poderão se transformar em anjos, é o que ele espera.

– Mas agora você tem que concordar comigo. Lo já foi faz tempo – diz Vidar.

Ouvem um ruído e a porta da igreja se abre.

– Bem-vindos à minha morada – declara Lo, fazendo uma reverência.

Vidar fica tão aliviado em vê-la que levanta os braços para abraçá-la. Ela se afasta dele rapidamente. Ele tinha sido impulsivo e sente seu rosto queimar. Que vergonha! Por que ele não havia rido e fingido que esticara os braços para voar? Mas ele nunca é tão rápido, sempre pensa depois no que poderia ter feito, quando já é tarde demais.

– Como você conseguiu entrar? – pergunta Amir, assim que Lo fecha a porta da igreja.

– A porta dos fundos tinha só uma tranca. Fácil de abrir com dois grampos de cabelo.

A mão dela alcança seus cabelos bagunçados, onde há dois grampos enfiados de lado. Lo parece estar muito satisfeita. Ela adora fazer coisas, solucionar o que parece impossível. Vidar gostaria de fazê-la ficar satisfeita alguma vez. Ele dá alguns passos rápidos até a pia batismal e coloca suas mãos sobre ela. Sabe que não deveria, mas precisa ouvir pelo menos um dos pensamentos de Lo. Ela pensa no que Jocke tinha dito e isso lhe dói. "Ele só estava brincando, e não me paquerando de verdade. Como eu pude achar que ele estava interessado em mim?"

Lo está tão ocupada com seus pensamentos em Jocke que nem se importa que Vidar esteja ouvindo tudo. Vidar já tinha suspeitado que ela estivesse interessada em Jocke, mas ter a certeza disso o magoa. Não era o que ele esperava ouvir. Tinha esperança de que ela pensasse nele também. Como pôde acreditar que Lo pensaria nele? Mas antes de Jocke aparecer de novo, Lo tinha sido diferente com ele, havia feito até um carinho no seu rosto. Ele fica feliz ao se lembrar disso.

A cidade tinha despertado. O trânsito era intenso e as ruas haviam se enchido de pessoas a caminho do trabalho, das creches e das escolas. Eles continuam a levar as suas vidas, como se nada houvesse acontecido. Nem tinha acontecido mesmo. Ainda não. A única coisa que se sente é o calor, que só piora. As pessoas nem aguentam conversar. O calor deixou todos lentos e cansados. É muito bom ser anjo e não sentir calor, mas não pode se tornar bom demais para que Vidar não queira mais voltar a ser humano.

– Não devemos ficar em forma de anjo por tempo demais – diz ele. – Temos que encontrar um lugar para nos esconder.

– Primeiro temos que ver se Laurentia descobriu alguma coisa. Vamos voar até a Biblioteca Nacional – Amir fala.

– Vamos de uma vez, antes que nossos pensamentos se percam – Lo completa.

Amir avista a Biblioteca Nacional de longe, o prédio antigo pintado de amarelo entre as tílias. Apesar de estarem apenas no mês de março, as folhas já tinham nascido e perdido a sua cor verde. Não estão coloridas como no outono, já se apresentam muito secas. Amir não percebeu isso antes. A dor no pé havia feito com que não prestasse muita atenção. Porém, lá de cima, a maioria das árvores parece estar seca, com suas folhas encolhidas e acinzentadas.

– Já tinha ficado assim tão seco antes? – ele pergunta aos outros.

– Eu não sei – responde Lo.

– Não – diz Vidar. – Ontem, quando fomos até a casa de Lina, estava verde. Ficou seco rápido demais. O que vai acontecer se continuar esquentando? Poderemos viver na Terra?

Amir nem quer pensar nisso. Ele voa para dentro da biblioteca e encontra Laurentia no seu lugar de sempre, na sala de pesquisas. A mesa está cheia de livros antigos. Ela mostra-se concentrada, anotando rapidamente, ao mesmo tempo que folheia um dicionário. Os pensamentos da mulher estão muito dispersos e são difíceis de acompanhar, mas ela parece convencida de que entendeu o que está escrito. Só precisa dar uma última verificada no dicionário. Assim conclui:

"Cilindro e tábua têm o mesmo sinal", pensa Laurentia. "As tábuas do destino não são tábuas, mas sim cilindros feitos de lápis-lazúli, tão pequenos que se pode carregar em uma corrente no pescoço. Alice Glas deve ter trazido as pedras, em forma de cilindros, das escavações em Nínive e as escondido. Ela usava um colar quando estava lá no meio das escavações. A foto era em preto e branco no livro e parecia ter uma espécie de pedra pendurada no colar. Mais tarde, ela a escondeu nas águas doces de Änglaberget, está escrito. Mas onde fica isso? Não encontrei nenhum lugar chamado Änglaberget no mapa. Änglaberget existe, mas deve ter sido batizado desse modo em homenagem ao fundador Engelbrekt e não tem nada a ver com anjos. É provável que seja algo simbólico, alguma coisa assim."

Amir fica feliz que Laurentia tenha chegado tão longe com suas pesquisas, se bem que seria mais fácil se pudessem encontrar o lugar em um mapa e ir até lá.

"Se eu tivesse o livro de Alice aqui comigo, poderia encontrar mais pistas que me levariam até Änglaberget", pensa Laurentia. "Tenho que fazer com que Gillis me venda o livro. Vou pegar todo o dinheiro que tenho e irei até o Paz Celestial. As minhas coisas ainda se encontram na cabana alugada, é só ir lá buscar tudo depois. Espero que as crianças estejam lá me aguardando. Temos pressa, o tempo está passando."

Laurentia junta os seus pertences, tranca os livros em um armário de vidro e olha à sua volta.

"A minha sombra está comigo. Tenho que me livrar dela. Quero fazer essa viagem em paz", ela pensa.

Uma mulher usando um vestido leve de verão e sandálias confortáveis segue Laurentia até o lado de fora do prédio. Laurentia anda rapidamente, apesar do calor. Ela contorna uma esquina, mas quando Amir passa pelo local voando, já havia desaparecido de vista, como se houvesse sido engolida pela terra.

– Para onde ela foi? – ele pergunta aos outros.

– Não faço a mínima ideia – responde Lo.

– Nem eu – diz Vidar.

A mulher que seguia Laurentia está tão surpresa quanto eles. Ela anda apressadamente e dá uma olhada na outra esquina, mas nem sinal de Laurentia. A mulher corre de volta e tenta abrir a única porta existente nesse lado da rua no quarteirão, mas está trancada. Ela se posta do lado de fora e fica aguardando.

– Vamos entrar na casa e procurar? – pergunta Amir.

– Nós sabemos para onde ela vai – reflete Lo. – Vamos voar diretamente para a cabana no norte, antes que nossos pensamentos se percam.

Amir concorda com ela. É uma sensação maravilhosa poder voar, tirar os pés do chão. Ficar flutuando acima de tudo quando a vida real se apresenta tão difícil. Mas é bem perigoso. Se Lo e Vidar não o tivessem levado até a pia batismal da última vez, ele nunca mais teria conseguido voltar à sua forma humana, ficaria preso para sempre na sua forma de anjo e, apesar de tudo, não é isso que ele quer. Pelo menos por enquanto.

– O último a chegar é mulher do padre! – Lo grita, voando muito rápido sobre os telhados dos prédios.

Amir e Vidar voam apressadamente atrás dela, atravessando as nuvens, lá onde o sol sempre está brilhando.

# 16

Lo, Amir e Vidar estão acomodados na cabana que Laurentia tinha alugado. Tudo lá é feito de nó de pinho, desde os móveis, o chão, as paredes, o teto até mesmo as molduras dos quadros. É como morar em uma sauna, até porque também está muito quente lá dentro apesar do aquecimento desligado. O calor vem do solo, assim como em Estocolmo, mas ali está mais quente ainda, embora seja o norte do país, onde deveria fazer mais frio.

Tinha sido muito fácil chegar ali, vindo da Igreja de Madeira. Assim que voltaram à sua forma humana, entraram no túnel debaixo da terra e foram andando ao longo da floresta, pela estradinha de chão batido, até chegarem à cabana. A chave estava pendurada em um gancho debaixo da escada da entrada, como Laurentia tinha dito. Eles decidiram ficar ali aguardando por ela, mas mostra-se muito frustrante essa espera.

Na verdade, Lo queria se transformar em anjo novamente e sair em busca de mais informação, ver o que aconteceria no Paz Celestial quando Laurentia chegasse lá com o seu dinheiro. Será que Gillis iria vender o livro para ela? Ele parece ser muito ganancioso, então, provavelmente, venderá o livro, mas ela não pode voar até lá para ver o que está acontecendo. Quando voavam, ela tinha percebido que se perdia em seus pensamentos o tempo todo, que só queria ficar flutuando no céu. Se não se concentrasse, viraria anjo para sempre. A sua mãe ficaria triste demais e Lo nunca se perdoaria por isso, portanto ela deve permanecer em sua forma humana o máximo possível. Aqui na cabana, eles estão seguros e, quando Laurentia voltar, ela trará o livro consigo e ficarão sabendo onde a pedra do destino se encontra. Então, estarão prontos.

– O que vocês acham que é essa água doce? – pergunta Lo.

– Ando pensando nisso – responde Amir. – Pode ser uma daquelas fontes naturais que costumam existir na floresta. A água é tão límpida que se pode beber. Fui batizado em uma dessas, era muito fria. O meu pai contou que eu gritei muito.

– Eu também – diz Lo. – O meu pai disse que eu gritei tudo o que podia. Foi aí que ele compreendeu que eu era uma verdadeira guerreira, que iria sobreviver em qualquer clima.

– Eu fui batizado em uma fonte também – Vidar fala. – Em casa, na nossa floresta. Pensei que tinha sido só eu.

– Deve ter algum significado o fato de que nós todos fomos batizados em uma fonte de água natural – analisa Amir.

– Onde você foi batizado? – Lo pergunta para Amir.

– Na floresta de Klövsjö – ele responde.

– E eu na floresta de Järva, portanto são três lugares diferentes – reflete Lo. – A pedra do destino deve existir em apenas um desses lugares.

– Em Änglaberget – Amir supõe. – Laurentia podia estar de volta logo.

– Se dormirmos um pouco, o tempo passa mais rápido – diz Lo. – Além disso, é bom estarmos descansados quando ela voltar.

～ ～

Lo acorda ao escutar o barulho de um carro se aproximando. Espera muito que Laurentia traga o livro consigo. Eles logo percebem que o livro tinha ficado com Gillis no Paz Celestial, pois Laurentia parece estar arrasada.

– Maldito Gillis – esbraveja Lo, quando ficam sabendo que ele tinha ficado com o dinheiro também.

– É para eu voltar lá quando tiver mais dinheiro, foi o que Gillis me disse. Mas eu tirei cada centavo que tinha da minha conta no banco – fala Laurentia chateada. – Não sei como vou conseguir arranjar mais dinheiro.

– Que imbecil! – Lo exclama.

– Vou tentar pegar emprestado de alguém – diz Laurentia.

Lo está tão zangada que tem vontade de gritar de raiva. Eles não podem ficar esperando até que Laurentia consiga mais dinheiro, pois levaria muito tempo. Lo tem que fazer alguma coisa, não é possível ficar ali parada só esperando, enquanto o tempo passa.

– Preciso sair! – comunica Lo, indo em direção à porta.

– Aonde você vai? – pergunta Vidar.

– Sair!

– Eu vou junto – Vidar fala.

– Não, eu quero ficar sozinha. Preciso correr para descarregar a minha raiva, antes que eu enlouqueça – ela responde.

~ ~

Vidar olha para a porta fechada, a mesma porta que Lo tinha acabado de bater atrás de si. O não que ela lhe disse o havia atingido com a força de um raio, fez com que ele se afastasse e a deixasse ir. Ele não quer que ache que a segue somente por estar apaixonado por ela, isso já era vergonhoso demais. Vidar gostaria que Jocke não tivesse falado nada sobre o assunto, pois preferia continuar apaixonado em segredo. Agora Lo vai pensar que tudo o que ele faz tem a ver com isso. Não é assim, ele só quer que ela não faça nenhuma bobagem, o que é mais importante do que se preocupar com o que Lo vai achar.

– Será que não devíamos ir atrás dela? – ele pergunta.

– Deixe-a descarregar a raiva. Ela logo estará de volta – diz Laurentia. – Vou preparar um chá e uns sanduíches enquanto isso. Pensa-se melhor de estômago cheio.

Ela tem toda a razão. Lo, com certeza, logo estará de volta. Ele não precisa se preocupar.

Enquanto Laurentia ferve a água para o chá, Vidar coloca as xícaras na mesa e Amir retira o pão, a manteiga e o queijo da sacola que Laurentia tinha trazido.

– Você também falou com Gunvor lá no sítio? – Amir quer saber.

– Sim, ela está muito desconfiada. Até me perguntou se eu já conhecia vocês de antes, mas disse que não fazia a menor ideia de quem vocês eram. Ela tentou me pressionar e achou muito estranho que eu tenha dado carona para três crianças desconhecidas, sem desconfiar de nada. Vocês, afinal, são procurados e como eu não os reconheci das fotografias nos jornais e na televisão? Eu disse que só estava interessada em livros antigos e não via TV nem lia jornais. Assim como relatei para a polícia que vocês estavam parados na estrada, pois não é da conta deles o que faço ou para quem dou carona. Quando vi as três crianças, só achei que seria bom ter companhia, eu falei. Contei também que sempre dava carona quando era motorista de caminhão, pois podia ser muito enriquecedor conversar com outras pessoas. Eu comentei que vocês pareciam boas crianças e Gunvor não concordou comigo.

– Sim, sei como ela é – diz Vidar. – Ela fazia de tudo para que nós nos sentíssemos más pessoas.

– É terrível que ela tenha autorização para cuidar de crianças – observa Laurentia.

– Acha que ela percebeu que você está do nosso lado? – pergunta Amir.

– Penso que não. Ela parecia acreditar em mim. Gillis acreditou, pelo menos. Eu o ouvi dizer a ela que eu era uma velha louca que só se importava com livros antigos.

– Que bom – Vidar fala, ficando vermelho imediatamente quando percebe o que tinha dito. – Quer dizer, não acho que você seja uma velha louca... Acho bom que Gillis pense assim.

– Eu sei, Vidar – assegura Laurentia, dando um tapinha no ombro dele. – E Gillis parece só se importar com dinheiro.

– Edel, a minha madrinha, poderia lhe emprestar mais dinheiro – diz Amir. – Mas o telefone dela está sendo controlado, então você não pode ligar para ela.

– Irei até o banco assim que abrirem amanhã de manhã e vou pedir um empréstimo. Acho que é a melhor solução. Comam um pouco agora, não é só para ficar olhando.

Vidar passa manteiga no pão e corta umas fatias de queijo, mas não consegue comer, sua preocupação com Lo só aumenta. Ela já não deveria ter voltado? Por quanto tempo ela pretende correr até que a raiva passe? Por que a tinha deixado ir se prometera a si mesmo que isso não iria acontecer? Ele deixa o sanduíche sobre a mesa e se levanta.

– Vou procurar por Lo.

Ele sai correndo da cabana, antes que alguém tenha tempo de lhe dizer alguma coisa, não quer que o impeçam novamente. Precisa ter coragem de acreditar em si mesmo, como a floresta lhe havia murmurado. Para que lado deve ir? Vidar escuta a floresta, mas nenhuma palavra chega até ele, apenas ouve as folhas estalarem levemente, quando são levantadas pela brisa e largadas ao solo novamente. Está mais quente agora, desde que chegaram ali, apesar de ser o meio da noite. A luz forte da lua ilumina as árvores à frente dele. Tem alguma coisa estranha e demora um pouco para que ele perceba o que é. Quando entende, o medo toma conta dele e o faz ficar paralisado de pavor. As cascas dos troncos das árvores tinham perdido a cor, não são mais verdes. Tampouco os troncos são castanhos como costumam ser em janeiro. Estão cinzentos, com um leve tom lilás agora, o que parece muito assustador. O que está realmente acontecendo? Será que a floresta está morrendo?

Vidar tenta se livrar daquela sensação tão desagradável, precisa se concentrar em encontrar Lo. Antes que seja tarde demais, quando a lua estiver no equinócio de primavera.

– Lo! – ele chama. – Venha comer!

Ninguém responde. Ele chama outra vez. E mais outra. Chama novamente. Tudo continua em silêncio. Completo silêncio.

~ ~

Lo vai correndo pelo acostamento da estrada. Vidar soa como um animal ferido. Será que ele não entende que outra pessoa pode escutá-lo? Alguém pode ligar para a polícia dizendo que tem um garoto correndo e chamando por ela lá no norte, que talvez possa ser a mesma Lo que está sendo procurada, com uma recompensa de 50 mil coroas por alguma pista que leve até ela. Vidar é um idiota! Ele está querendo traí-la novamente? Como ele tinha feito na primeira vez em que tentaram fugir do Paz Celestial, e ela nunca irá perdoá-lo por isso. Não se trai os amigos. Ela nunca faria uma coisa assim. Nunca trairia Vidar e Amir. Isso não se faz.

Finalmente, ele se cala. Laurentia e Amir devem ter dito para ele ficar quieto. Ela entende que Vidar esteja preocupado com ela, por isso ele gritou, e não para incomodá-la. Mas o garoto poderia aprender a pensar melhor. Às vezes, ele faz coisas certas, ela sabe. Quase começou a gostar dele, como se fosse um irmão, mas tinha sido antes de ele fazê-la passar vergonha perto de Jocke. Ela nunca mais vai conseguir olhar para Jocke, as palavras dele ainda estavam ecoando em sua cabeça: "Eu não estava flertando de verdade, era só brincadeira." Ela sente muita vergonha, precisa parar de pensar em Jocke.

Agora ela vai descer por ali e ir até o rio. Se for seguindo ao longo da margem, chegará ao lugar em que estava a Igreja de Gelo. Ela encontra o caminho. Só quer ver a cara feliz e de espanto dos outros quando voltar, trazendo o livro de Alice, quando conseguir fazer algo que ninguém conseguiu. Ela adora estar um passo à frente de todos.

~ ~

Lo se ajoelha e entra no túnel sem hesitar, apesar de ter dito a si mesma que nunca mais iria entrar ali e voltar ao Paz Celestial. Mas precisa fazer isso e ela é a única que tem coragem. Quando chega em meio aos arbustos, dá uma espiada. O lampião do sítio está aceso e a luz na entrada da casa também. Ela faz como da última vez. Vai com cuidado até o estábulo, para e olha à sua volta. Não há ninguém por lá. Continua até a porta e mexe na maçaneta. Abre e entra.

Uma ovelha começa a balir. Ela fecha a porta cuidadosamente atrás de si. Com o canto dos olhos, vê uma sombra se mover. Lo fica paralisada, seu coração bate com mais força. Vai rapidamente se esconder atrás do cabideiro. Já se refugiou ali sem ser descoberta, mas não há mais ninguém no local. Está tudo em silêncio. Ela percebe que deve ter sido a sua própria sombra que tinha refletido na parede. Sorri aliviada. O nervosismo de estar de volta ao sítio a fez sentir medo da própria sombra. Não precisa ficar assim tão nervosa. Já fez isso antes e conseguiu. Vai conseguir de novo. Pena que não poderá ver as caras de Gillis e Gunvor quando descobrirem que o livro tinha sumido.

Ela vai andando na escuridão. Ao chegar à biblioteca, o lampião ilumina o lugar. Parece que foi há séculos que Amir contou sobre o texugo fazendo a imagem de um anjo na neve perto daquele lampião. Na época, eles não tinham ideia para onde o texugo os levaria, o mais importante era fugir do Paz Celestial. Agora ela está de volta, de livre e espontânea vontade, mas logo deixará esse lugar para trás.

A escrivaninha de Gillis está arrumada como sempre, com cada coisa no seu lugar. A grande *Bíblia*, de páginas douradas, está à esquerda e o porta-lápis, à direita. Lo abre a primeira gaveta da escrivaninha. Lá está o livro de Alice Glas. Ela o apanha e o segura junto ao peito, como se estivesse abraçando o orgulho que sente de si mesma. Não tinha sido tão difícil assim, mas é claro que nem todos têm essa capacidade de raciocínio que ela tem. Nem todos perceberam que Gillis guardava *As crônicas de Nárnia* na primeira gaveta, depois que lia para eles. Ninguém pensou que era nessa mesma gaveta que ele guardava o que tinha importância no momento. Foi fácil de concluir que o livro de Alice Glas estaria na mesma gaveta. Ele deve se perguntar o porquê do livro ser tão valioso para Laurentia, mesmo que pense que ela é louca. Quando Lo está para fechar a gaveta, vê algo brilhante. É o amuleto dela de prata com a pata de lince que tinha ganhado de seu pai. Ela o pendura no pescoço para lhe dar sorte. Vai dar tudo certo.

Quando Lo abre a porta e sai escondida na escuridão, deixa o Paz Celestial para sempre no passado. Não há mais nada a buscar ali. O livro lhes dará todas as respostas que precisam para encontrar a pedra do destino e vencer a batalha. Ela se sente invencível, não apenas por estar com o livro, mas também por ter conseguido enganar Gunvor mais uma vez. A mulher ficaria furiosa se soubesse o que Lo tinha feito. Ela devia ficar sabendo. E se Lo escrevesse no chão algo do tipo: *"I was here"*?[1] Essas coisas que

---

[1] "Eu estive aqui". (N. do E.)

os outros escreviam nas paredes da escola, aqui e ali. O mais corajoso do colégio tinha entrado na sala do diretor e escrito seu nome sobre a mesa. Lo achou ridículo e idiota ao mesmo tempo, pois encontraram obviamente o culpado. Mas agora ela entendia a sensação, a sensação de querer ser descoberto depois, para se exibir de que fez algo sem ser descoberto.

Ela não deveria fazer isso, mas, quando vê um graveto no chão, não consegue resistir e escreve: *"Lo forever!"*[2]

Ela sente muita vontade de rir, mas se controla e se contenta em rir por dentro. Pode esperar para rir alto quando estiver longe dali e não precisar mais fazer silêncio. Ela se aproxima dos arbustos, abaixa-se e entra no túnel. Tinha conseguido! Ah, como está ansiosa para ver a cara dos outros quando ela voltar para a cabana com o livro. Vão ficar tão orgulhosos dela!

Mas a passagem está bloqueada, ela não consegue ir adiante. Nem tinha entrado direito no túnel, deve ser alguma pedra grande que caiu ali. O chão é duro e áspero sob as suas mãos. Que sorte que não estava ali antes. Ela tenta cavar com os dedos ao redor da pedra para soltá-la, mas é impossível. Precisava de alguma ferramenta para isso. Vai ter que voltar ao estábulo e procurar. Lo suspira e sai da entrada do túnel. Fica em pé e se vira. Há alguém ali. É Gunvor.

---

[2] "Lo, para sempre!". (N. do E.)

# 17

Lo chuta e se debate. Morde e arranha, mas Gunvor é muito forte. Todo o trabalho pesado no sítio tinha feito com que ela desenvolvesse músculos. Lo não consegue se soltar, por mais que tente.

Lo sente, então, a sua presença. Ele está ali para ajudá-la, o lince, a sua égide. Seu protetor está logo atrás de Gunvor e, quando ele se aproxima mais, abre a boca e solta o seu ronco. Gunvor grita de pavor, mas não sente pânico suficiente e continua segurando Lo. O lince ronca outra vez, fica de pé sobre as patas traseiras e apoia as patas dianteiras nas costas de Gunvor. Ele olha para Lo por cima do ombro da mulher.

*BANG!* Um tiro ecoa na noite. Gillis está parado segurando uma espingarda e faz mira no animal.

– Não! – grita Lo, fitando os olhos do lince. – Corra! – ela murmura.

Ela sente que ele não pretende deixá-la ali, quer protegê-la, mas agora não é possível. Ele precisa ir embora, senão Gillis vai acabar matando-o e isso não pode acontecer.

– Corra agora! – ela diz.

O lince a encara com um olhar triste. Um triângulo branco e luminoso se vê em seu olho esquerdo. "Arme-se com asas", ela escuta em sua mente antes que o animal desapareça na escuridão.

O único que tinha se armado ali era Gillis. Ele atira contra a escuridão. Um tiro atrás do outro.

Lo sente a força do lince, como ele corre até o muro, toma impulso e salta. Aterrissa com suavidade do outro lado, vira-se e envia uma imagem a ela, antes de entrar na floresta para buscar ajuda. A imagem que ela vê são os rostos de Amir e Vidar. O lince está indo ao encontro deles.

Gillis vem até elas, com a arma pendurada no ombro. Ele tinha desistido e sabia que era impossível acertar um tiro no escuro, mas eles têm em mãos uma presa, a que Gunvor está segurando.

– Então, você estava com saudades daqui – diz Gillis, dando um sorriso debochado para Lo.

– De jeito nenhum – ela responde, desafiando-o.

– Você já a revistou? – ele pergunta para Gunvor.

Gunvor começa a revistar Lo e encontra o livro de Alice dentro das calças da garota, escondido pela blusa. Ela entrega o livro a Gillis.

– O livro de minha avó. Deve ser muito valioso. Foi Laurentia que a mandou vir aqui roubar o livro?

– Que Laurentia?

Gillis dá uma bofetada em Lo, que sente a sua bochecha arder.

– Já sei que vocês se conhecem, nem adianta tentar me enganar – afirma ele.

Lo fica pensando no que dizer, mas não tem nenhuma ideia, então apenas sacode a cabeça concordando.

– Você não conseguiu – diz Gillis.

– Eu peguei a delinquente – Gunvor anuncia vitoriosa, segurando os pulsos de Lo com força.

Ela está muito orgulhosa e quer mostrar ao marido, mas Lo sabe de algo que a mulher esconde debaixo da blusa larga.

– Gunvor está grávida – diz Lo, apreciando ver o pavor estampado no rosto da mulher.

– O quê? – indaga Gillis

– Gunvor está esperando um bebê. Uma criança. Ela está grávida.

– A garota está mentindo – retruca Gunvor, que tinha se acalmado e tentava parecer convincente.

– Você não percebeu que ela anda vomitando? – pergunta Lo, fazendo o som de vômito. – Isso se faz quando se está grávida.

A expressão de suspeita no rosto de Gillis se altera e ele parece se lembrar de algo.

– Você não estava com uma virose, como me disse? – ele quer saber.

Primeiro, dá a impressão de que Gunvor irá continuar a mentir, mas o rosto dela fica com uma expressão mais calma e ela olha sem jeito para Gillis.

– Gillis, desculpe-me. Não queria lhe contar antes de ter certeza. Depois do último aborto... eu nem tinha mais esperanças, mas agora acho que dará certo... Vamos ser pais de verdade – esclarece Gunvor.

Ela parece uma menina pequena esperando ser elogiada, mas com medo de que isso não aconteça. A expressão no rosto de Gillis é impossível de interpretar. Quando ele abre a boca, qualquer tipo de comentário pode sair dali e é isso o que acontece.

– Sua velhota, está louca? Não quero nenhuma aberração como filho. Você tem que abortar!

Os olhos de Gunvor se enchem de lágrimas, mas essas não escorrem pelo seu rosto. Ela aperta os lábios e se controla. Sacode a cabeça. O olhar de Gillis endurece e ele age de maneira tão direta, que Lo nem tem tempo de entender o que está acontecendo. Ele dá um chute na barriga de Gunvor. Se não fosse por Gunvor estar deitada no chão, protegendo o corpo com os braços, Lo nunca acreditaria que isso pudesse acontecer. A garota está tão chocada que não aproveita de pronto para sair dali correndo, antes que seja tarde demais. Gillis a segura assim que ela dá o primeiro passo.

– Levante daí! – ele diz para Gunvor. – Você vai cuidar da maldita criança. Tenho mais que fazer.

Gunvor faz o que ele mandou e fica olhando-o até que desapareça de vista. Segura Lo com muita força, como se o chute que levou de Gillis a tivesse deixado mais forte ou mais decidida.

– Ele irá mudar – murmura Gunvor, sem Lo ter dito nada, pois deve estar precisando convencer a si mesma. Mas Lo não deixa de responder.

– Ele nunca vai mudar. Quando começa a bater, não consegue mais parar – Lo fala, assim como ouviu sua mãe dizer para as amigas que passavam por violência doméstica. Não era sempre que elas ouviam os conselhos da mãe de Lo. A mãe tinha dito uma vez que "certas coisas nunca iremos entender", quando ela perguntou por que as mulheres ficavam com alguém que as espancava.

– Eu sei que ele vai mudar – rebate Gunvor triunfante. Ela não tem mais lágrimas e seu olhar está claro e brilhante.

– De jeito nenhum! Ele só se casou com você porque precisava de uma empregada. Nada mais que isso – diz Lo.

– Ele vai me amar, como eu pedi em troca.

– Em troca de quê?

– De você, Amir e Vidar. Quando eu entregá-los, vou receber o que me prometeram.

– Não se pode prometer amor em troca.

– O mestre pode.

– Mas quem é o tal mestre que pode prometer esse tipo de coisa?

– O mestre é aquele que controla o céu, a terra e pode mudar o destino.

Lo nada diz sobre o mestre precisar das tábuas do destino, ou da pedra do destino, o que elas são na verdade, para poder controlar tudo. Parece que apenas o homem de olhos azuis e o juiz sabem desse detalhe. Os outros da Ordem do Raio acham que basta entregar Lo, Amir e Vidar ao mestre. Eles podem continuar acreditando nisso.

– Vou conseguir o que desejei, pois já desci à Terra por causa de Gillis.

– Desceu à Terra? – pergunta Lo.

– Sim, por amor. Deixei a minha vida eterna no Paraíso para viver entre os mortais na Terra.

Seria Gunvor um anjo assim como o pai de Lo? Não pode ser possível. Lo começa a se lembrar das asas de anjo no caixão do quarto secreto no estábulo e da pequena pluma que ela guardou no bolso. A pluma vinha da criança que não sobreviveu.

Lo achou o tempo todo que o pai da criança é quem era um anjo. Parecia impossível o anjo ser Gunvor, e muito menos Gillis, mas talvez algum outro homem bondoso. Ela nunca poderia imaginar que um anjo do sexo feminino se apaixonaria por um homem e muito menos por Gillis!

– Pare com isso! – exclama Lo. – Não acredito que você tenha sido um anjo.

– Sim – diz Gunvor, parecendo aliviada em poder contar para alguém. – Eu cuidava das pessoas e estava satisfeita, até que vi Gillis.

– Mas você deve ter ouvido os pensamentos dele. Não percebeu que era a maldade em pessoa?

– Gillis era muito bonito quando eu o vi. Um *viking* genuíno de traços nobres. Ele cuidava do túmulo da mãe com muito carinho e amor. Os pensamentos dele, em relação a ela, eram bons.

– Se pudesse ouvir os pensamentos dele agora, você se afastaria para sempre. Você foi enganada!

A bofetada que leva não é nenhuma surpresa para Lo, mas ela nem se importa. Sabe que está magoando tanto a outra com suas palavras, que a mulher não consegue parar de espancá-la.

– Amor comprado não é amor de verdade – Lo continua.

– Você nada sabe sobre o amor – Gunvor rebate. – Não é comprado, um dia será verdadeiro.

– Só nos seus sonhos, mas você vai saber bem no seu íntimo que Gillis sente desprezo.

Gunvor dá um soco em Lo desta vez. Mais uma vez e mais outra, até que tudo cai na escuridão.

～～

Amir e Vidar estão acomodados no chão do carro de Laurentia, esperando que ela lhes faça um sinal, para que se levantem dali. Ela queria primeiramente ter certeza de que não havia ninguém na Igreja de Madeira. Tinha levado um bom tempo até que ficasse convencida em ir até lá, mas acabou cedendo, desde que ela os levasse e ficasse de olho neles. Eles pretendem se transformar em anjos novamente e voar até o Paz Celestial, para ver se Lo está por lá.

Tanto Amir como Vidar acham que Lo foi até o sítio. Eles a conhecem muito bem e sabem como ela pensa. Quando saiu da cabana, estava tão zangada com Gillis que queria se vingar. Ele não iria pegar mais dinheiro de Laurentia. Lo tiraria dele o livro de Alice Glas, para que se sentisse um idiota. Amir pensa que gostaria de fazer a mesma coisa, mas ele nunca seria assim tão imprudente, pois é muito arriscado entrar no Paz Celestial. Se Gunvor e Gillis apanhassem Lo... Ele nem quer pensar nisso agora. Eles deviam ter impedido que ela saísse da cabana, mas Amir acreditou que Lo só precisava ficar sozinha e correr um pouco para se acalmar. Foi depois de um tempo que ele percebeu o que ela deve ter pensado, como costuma fazer quando está muito zangada.

A porta do carro se abre. É Laurentia.

– Não há ninguém lá – diz ela. – Vocês podem ir.

Amir tira a coberta e se levanta, pegando a bengala que Laurentia tinha comprado para ele no aeroporto. A bengala não é tão prática como as muletas que ele tinha em

Estocolmo, mas o ajuda a não apoiar todo o peso de seu corpo sobre o pé machucado. Vidar o segue e eles vão juntos com Laurentia até a porta da igreja. De repente, é como se o ar em volta deles se carregasse de eletricidade. Será que é de verdade ou ele apenas está imaginando? Seria o medo que o faz sentir assim? Não, não é apenas imaginação sua.

O céu se enche de luz e uma cortina de cores se abre pela escuridão da noite. Um ruído crepitante se move junto às cores. Amir nunca havia presenciado isso antes, mas compreende que se trata da aurora boreal. É algo mágico, uma maravilha da natureza. A aurora boreal assume a forma de um funil, espalhando raios verdes e lilases nas pontas. Crepita como as faíscas de uma fogueira, soltando um som agudo, que sobe e desce no funil.

O ar se descarrega, o ruído desaparece e o céu volta a ficar escuro, com as estrelas e a lua parecendo luzes brancas. Todo aquele colorido maravilhoso havia desaparecido. Eles olham uns para os outros com olhos arregalados, sem nada dizer, todos estão perplexos. Vidar quebra o silêncio.

– Vamos entrar – diz ele, abrindo a porta da igreja.

Amir vai até o altar, apoiando-se na bengala. Ele se lembra de quando o texugo tinha ido até eles, ali na igreja, e de como passou mal. Agora se sente bem melhor, Indigo sabia o que estava fazendo. Mas não era o caso de Laurentia. A porta da sacristia se abre e um pastor sai dali. Laurentia tinha se esquecido de verificar se não havia ninguém dentro da sacristia.

– Tarde para visitas – diz o pastor, parecendo recém-acordado. – Ou já é manhã?

– Já está amanhecendo – responde Laurentia. – Viemos até aqui porque precisamos do consolo de Deus. É muito cedo?

– É claro que não! – fala o pastor. – A casa de Deus está sempre aberta. Posso ajudá-los com alguma coisa?

– Muito obrigada pela gentileza, mas eu e os meus netos gostaríamos de rezar tranquilamente.

– Então não irei atrapalhá-los, também vou rezar – diz o pastor, ajoelhando-se em frente à pia batismal.

Amir olha para Laurentia e Vidar. O que irão fazer agora? Eles não podem simplesmente desaparecer na frente do pastor. Precisam esperar até que ele vá embora.

Laurentia junta suas mãos e se senta no primeiro banco. Amir e Vidar fazem como ela.

– Meu Deus – Amir fala para si mesmo –, mande o pastor embora. Diga a ele para se levantar e ir.

Amir nunca tinha pedido nada para Deus antes. Ele não acredita em Deus e jamais achou que iria conseguir alguma ajuda por meio de preces, mas no momento quer acreditar que funciona, que Deus irá ouvi-lo e mandar o pastor embora. Quer muito que isso aconteça pelo bem de Lo. Por isso, ele pede novamente, repetindo várias vezes. Mas o pastor continua a orar bem de frente para a pia batismal, não parecendo ter planos de ir embora dali. Talvez ele esteja desconfiado do que eles queiram fazer ali no meio da noite. Talvez pense em esperar que eles resolvam ir embora e, se assim for, nunca conseguirão chegar ao sítio. Precisam fazer alguma coisa para afastar o pastor dali.

Eles ouvem então um ruído do lado de fora da igreja. Parece alguém gritando, mas o pastor nem reage, deve estar muito concentrado em suas preces.

Amir vai até o pastor e coloca sua mão sobre um dos ombros dele. Ao mesmo tempo, ouve-se o grito mais uma vez. O grito não parece humano, talvez seja um animal preso em uma armadilha.

– Você não está ouvindo? – pergunta Amir. – Parece que alguém precisa de ajuda.

# 18

Vidar e Amir se demoram um pouco ao lado da pia batismal, enquanto Laurentia se dirige à saída da igreja acompanhada do pastor. Quando o pastor abre a porta, eles veem o lince andando lá fora. O animal ronca mais uma vez e sai correndo, indo embora dali. Foram os gemidos dele que eles ouviram, porque Lo deve estar precisando de ajuda.

Assim que o pastor fecha a porta, Vidar coloca as mãos ao redor da pia batismal e se transforma em anjo. Ele atravessa o telhado, voando em direção ao Paz Celestial. Nem se preocupa em ver se Amir está junto com ele. Só consegue pensar em encontrar Lo. Ele nunca irá se perdoar se alguma coisa acontecer a ela. Como ele pôde deixá-la ir? Por que não tinha dito nada contra? De agora em diante, ele irá acreditar em si mesmo e no que sente. Também pretende dizer o que tiver vontade e vai parar de fazer o que os outros querem. O que importa agora é o que ele quer. Só espera que não seja tarde demais.

– Temos que ficar juntos – diz Amir.

Vidar estremece e vê que Amir já o havia alcançado. Ele não aguenta responder e continua a voar.

– Por favor, Vidar! Não cometa o mesmo erro que Lo. Temos que permanecer unidos.

– É por isso que quero chegar até Lo o mais rápido possível – fala Vidar, parecendo mais zangado do que gostaria, mas Amir pode continuar voando e ficar em silêncio.

– Também quero encontrar Lo, mas quero que façamos isso juntos. Se você fugir de mim, vamos acabar nos perdendo um do outro. Você se esqueceu do nosso juramento de fidelidade? Juntos somos fortes.

Vidar se irrita por Amir parecer tão maduro e não consegue deixar de dar uma resposta maldosa para o outro.

– Aquilo era só uma brincadeira de um livro infantil. Isso aqui é a vida real.

Ele talvez tenha sido duro demais com Amir, mas pelo menos o garoto havia se calado. O sol da manhã fazia a antiga casa amarela brilhar naquela paisagem sombria. A vegetação estava toda ressecada e lilás acinzentada, não apenas os pinheiros, mas também lá embaixo no solo. É o contraste que faz o sítio brilhar, pois as paredes da casa estavam descascadas e desgastadas.

– Estou chegando, Lo – diz Vidar, descendo em direção ao sítio Paz Celestial.

Mas Lo não se encontra lá, já tinham procurado por tudo. Não estava na casa, nem no estábulo, nem no *bunker*, nem em outro lugar qualquer do sítio. Eles retornam ao *hall* e não encontram nem Gunvor nem Gillis na casa e isso não parece ser nada bom. Vidar dá um soco na parede, mas o seu punho atravessa tudo como se nada houvesse ali e isso só acontece quando ele está na sua forma de anjo.

– Que porcaria! – esbraveja Vidar. – Gunvor e Gillis devem ter levado Lo para longe daqui.

– Pode ter sido outra coisa. Ela talvez nem tenha chegado até aqui – diz Amir.

– Ela deve ter chegado, sim. Já está desaparecida há muito tempo.

– Este lugar é difícil de achar, ela pode ter se perdido na floresta.

– Nem você acredita no que está dizendo! – retruca Vidar, que começa a gritar. – Eu deveria ter impedido que ela fosse embora sozinha!

– A culpa não é sua – Amir fala, abraçando Vidar.

Vidar tenta se soltar do abraço do amigo, não quer ser consolado. Só deseja que Lo esteja ali, que ela apareça de repente, dizendo: "Te enganei! Estava escondida no armário. Agora, vamos embora daqui!" Mas isso não ocorre na realidade. Ela não está ali, eles chegaram tarde demais. Perderam Lo e nunca mais a encontrarão.

– Calma! Calma! – Amir diz, passando a mão no cabelo de Vidar.

Vidar percebe, então, que está chorando. Seu rosto está molhado de lágrimas, sua boca está aberta, mas ele nada diz. Está berrando, como se fosse uma criança pequena. Amir embala Vidar no colo, para frente e para trás, até que ele se acalme, seque as lágrimas e se cale.

Amir compreende agora a razão de Vidar ter sido tão malvado com ele. O garoto se sentia responsável por não ter impedido Lo de ir até o sítio, mas não era culpa de Vidar ela ter agido assim. É impossível impedir Lo de alguma coisa quando ela já tomou uma decisão. Ela faz exatamente o que tem vontade e, na maioria das vezes, a atitude dela foi decisiva para que eles fossem adiante e se saíssem muito bem, assim como daquela vez em que apanhou as tábuas de argila com as quatro estações, atrás da tapeçaria na parede, e conseguiram pistas para continuar com sua busca.

Amir procura com o olhar pela tapeçaria na parede do *hall* e tudo está lá, como Lo tinha dito. Ele vai voando para dar uma olhada.

As estações bordadas na tapeçaria têm o mesmo tema: uma clareira na floresta com uma montanha ao fundo. Na montanha, vê-se o contorno de duas asas. Änglaberget, a montanha dos anjos! Está bem visível para quem sabe o que procura.

Naquela vez em que eles estavam sendo caçados na floresta, depois que a Igreja de Gelo havia desaparecido no rio, Amir não sabia se podia crer em seus olhos quando avistou as asas incrustadas na montanha. Assim que o sol se escondeu atrás de uma nuvem, Amir achou que não tinha passado de uma visão, de uma miragem, mas era de verdade. Eles precisam ir até lá dar uma olhada. Ele sente, instintivamente, que está certo. Quando ele examina a tapeçaria mais de perto, vê uma parte em azul que representa a água e, lá naquela água, há um ponto feito em azul mais forte, que só pode ser o lápis-lazúli. Deve ser Änglaberget e naquelas águas doces está escondida a pedra do destino.

Amir conta para Vidar o que tinha acabado de descobrir.

– Vamos até lá – diz Amir.

– Mas e Lo? – pergunta Vidar com a voz suplicante.

– Se encontrarmos a pedra do destino, poderemos mudar o destino e fazer com que Lo nunca tenha nos deixado para trás. Você não está entendendo?

Vidar olha para Amir e, aos poucos, a expressão de seu rosto vai se modificando e seus olhos se enchem de esperança.

– Você tem razão. Vamos para lá – Vidar fala.

Eles levantam voo e partem.

Levam um tempo até acharem a montanha. Voam de um lado para o outro, a fim de encontrar as asas de anjo. Precisam estar a certa distância para poderem ver as asas. Estão junto à montanha dos anjos, Änglaberget. Agora só é necessário encontrarem a água doce.

– Iremos cada um para um lado da montanha? – pergunta Vidar.

– Vamos ficar juntos – responde Amir. Ele não quer arriscar que se percam um do outro. Além disso, tem medo de se perder em seus pensamentos e ficar apenas flutuando no ar, como já aconteceu antes. Ele não se sente perdido agora, mas pode começar a se sentir assim a qualquer momento, mesmo que eles tenham ficado em suas formas humanas por bastante tempo.

Eles voam juntos, seguindo a montanha ao longo da fronteira com a floresta, vão examinando parte por parte.

A sensação estranha já havia passado. Amir começa a se acostumar com a floresta cinzenta e seca, que poderia formar uma quinta estação, com suas próprias cores, mas isso seria completamente diferente de tudo que já tinha se visto. Possivelmente é uma das obras do mestre. Algo deve fazer com que ele pare com isso. Eles só precisam encontrar a pedra do destino.

– Água! – exclama Vidar, que está voando um pouco à frente de Amir.

Amir se junta a ele e verifica. Há uma pequena fonte de água, abrindo-se no meio do solo. É quase invisível, porque as raízes de uma árvore se espalharam sobre ela. O sol atravessa as raízes, fazendo a água cintilar. Há pedras de diversas cores no fundo da água e quando Amir se aproxima, enxerga uma pedra azul em forma de cilindro, entre as outras pedras.

– A pedra do destino! – ele e Vidar gritam juntos.

Eles olham um para o outro e sorriem. Fazem um pedido em silêncio, mas nada acontece. Amir tem certeza de que Vidar desejou a mesma coisa que ele, que Lo voltasse, que nunca houvesse desaparecido.

– A pedra precisa ser segurada na mão – diz Amir. – Não foi assim que Laurentia disse? Quem a tiver em mãos comanda o céu e a terra.

– Precisamos voltar à forma humana o mais rápido possível, para buscarmos a pedra – declara Vidar.

– Mas como encontraremos novamente o caminho? – pergunta Amir.

– Vamos memorizar o trajeto quando voarmos até a Igreja de Madeira, assim nós conseguiremos voltar para cá.

– Mas como? – Amir insiste.

Vidar sai voando e mostra ao amigo. Junto à fonte, há um pinheiro alto atingido por um raio. Mais adiante, existe um formigueiro. Depois, avista-se uma área aberta, onde as árvores deixaram um espaço, antes de se chegar a uma região mais fechada da floresta. Vidar vê uma pedra que parece a cabeça de um troll com o nariz arrancado e três pinheiros que cresceram juntos e estão próximos a uma descida difícil. Em seguida, há uma rocha partida ao meio com uma bétula ao seu lado. A floresta começa a ganhar contornos, formas e diferenças que Amir nunca havia reparado antes, apesar de tudo estar com aquela mesma cor, de um lilás acinzentado. A floresta não é apenas uma floresta, ela é habitada por diversos tipos de árvores, plantas e pedras que se diferenciam entre si, mostrando o caminho até eles chegarem ao rio.

Ao fazerem a curva, veem uma cachoeira e de lá eles pegam um caminho que os leva até a Igreja de Madeira, que fica do outro lado do campo. É muito bom ver Vidar tomando decisões e se tornando mais forte. Quando ele se desesperou lá no sítio, Amir achou que Vidar havia desistido de tudo, mas não foi assim. Vai dar tudo certo, eles conseguirão. Juntos.

———

Lo abre os olhos, que estão ardendo, e sente muita dor na cabeça. Gunvor havia lhe batido com toda força. Ela gostaria de limpar os olhos, mas suas mãos estão amarradas às costas por uma corda. Ela não consegue enxergar muita coisa, mas sabe que se encontra no assoalho da parte traseira de um carro. O veículo está indo por uma estradinha irregular, pois sacode e pula bastante. Lo desejaria saber por quanto tempo já estão viajando, pois ela pode ter ficado desmaiada por um período longo.

Ainda é dia. De qualquer maneira, Amir e Vidar devem estar muito preocupados. Provavelmente, adivinharam que ela foi para o sítio Paz Celestial. Só espera que eles não sejam tão desajeitados quanto ela.

– Onde estamos? – Lo pergunta.

– Não é da sua conta – responde Gunvor.

– O Gillis também está no carro?

– Ele está ocupado com outras coisas. Quieta, agora!

Gunvor diminui a velocidade e passa a ir devagar. Parece terem chegado a uma estrada ainda menor que a outra, mais esburacada pelo menos. Lo consegue rolar para o lado e sentir o banco do passageiro, por baixo. Somente seus pulsos estão amarrados, como os dedos encontram-se livres, ela pode examinar o carro. O banco é preso ao chão do carro com parafusos e placas de metal. Deve ser possível encontrar algo afiado, para que ela consiga escapar de Gunvor, antes de ser entregue nas mãos do mestre. Finalmente, sente uma ponta afiada. Ela se aproxima e começa a esfregar a corda nessa peça pontiaguda, metodicamente, para frente e para trás. O suor escorre pelo seu corpo, o que acontece o tempo todo. Ela já devia ter se acostumado, mas o calor é insuportável.

O carro para e Gunvor desliga o motor. A mulher desce e cumprimenta alguém. Lo reconhece a voz, mas não consegue identificá-la. Não é o homem de olhos azuis. Somente quando a pessoa abre a porta traseira do carro, Lo o reconhece. É o juiz Eberth, com seus cabelos escuros, escovados perfeitamente para trás, sem um fio fora do lugar, exatamente como ela o vira pela primeira vez, lá embaixo na sala secreta, quando ele e o homem de olhos azuis faziam planos.

– Você está sendo esperada – diz ele.

– Seu demônio falso! – grita Lo. – Como você pôde condenar a minha mãe, quando ela é totalmente inocente?

O juiz não responde, mas pega Lo pelo braço, puxando-a de dentro do carro. Lo cospe, chuta e grita, com todas as suas forças. Ele a deixa escapar. Gunvor e o juiz, juntos, seguram Lo novamente.

– Você é ainda mais selvagem do que eu havia imaginado – observa o juiz.

– Eu já tinha avisado você – fala Gunvor. – Ela é como uma gata selvagem. Não se pode perdê-la de vista.

– Temos métodos para fazê-la cooperar. Você pode ir agora.

– Só irei embora quando ganhar o que me foi prometido – diz Gunvor.

– O mestre não aceita receber ordens de ninguém.

– Eu sei, mas o mestre cumpre o que promete.

– É claro – o juiz comenta. – Venha comigo para receber com toda humildade.

Lo vai andando no meio do juiz e de Gunvor, diretamente para a floresta.

– A abertura começa lá em frente – diz o juiz. – Temos que cuidar para não cairmos. Apenas o mestre suporta esse calor.

Lo avista uma rachadura enorme no solo, que é extremamente profunda. Ela olha para baixo, mas não vê nada de brasa incandescente ou fogos escaldantes. Tampouco vê algum chifre de diabo saindo de lá. É tudo cinza no fundo da abertura.

Parecia que Gunvor também esperava ver outra coisa.

– Achei que estaria queimando lá embaixo – fala a mulher.

119

– Já queimou. O que você está vendo agora é uma camada grossa de cinzas. Achamos que ainda está queimando por lá, pois encontra-se bem quente, mas a caminho de esfriar.

– E o mestre? Onde está o mestre?

– Tudo tem seu tempo.

Eles vão andando ao longo da abertura, que vai se tornando cada vez mais larga. Passam pela fronteira com a floresta e avistam a montanha se estender até o céu, e então chegam ao final da rachadura.

– Ajoelhe-se! – ordena o juiz.

Gunvor e o juiz obrigam Lo a se ajoelhar, empurrando-a para o chão.

– Eternamente fiel ao mestre – diz o juiz e Gunvor repete.

Mas Lo não o faz.

– Idiota do inferno! – esbraveja a garota.

Gunvor pressiona a cabeça de Lo contra o chão. A terra tem gosto de enxofre. Uma gargalhada tenebrosa ecoa entre as paredes do abismo. As cinzas se espalham pelo ar como uma fina camada de poeira, que se junta, muda de forma e se parece com uma nuvem. Uma nuvem arredondada, com cantos pontiagudos. A nuvem se coloca sobre eles. As gargalhadas mudam de tom, para um ruído impossível de descrever, um rugido sufocante, que penetra até a medula, fazendo Lo estremecer de pavor. Há algo nas cinzas, algo que se sacode espalhando-as por todos os lados. Assim que as cinzas se dispersam pelo ar e se acomodam no fundo do abismo, a criatura aparece em frente a ela na sua forma assustadora.

Lo nunca havia visto nada parecido com aquilo. Ela não quer nem olhar, mas não consegue evitar. É como se a criatura tivesse se apropriado do seu olhar e o mantém consigo. Ela está presa no verdadeiro inferno.

Lo se sente obrigada a fechar os olhos. Tem a sensação de que eles irão derreter se ela não parar de olhar, mas não consegue, por mais que tente. Seu olhar está preso nos olhos frios do mestre. O resto da forma dele é algo apagado, apenas uma sombra acinzentada. Ela percebe que ele tem asas e pernas. Seria ele um animal? Um anjo? Uma pessoa? O rosto não é humano, é impossível de descrever, não há palavras para dizer o que o mestre é.

De repente, o mestre relaxa e Lo pode fechar os olhos. Fica claro para ela que é o mestre quem está no comando. Seu poder é magnífico, como estar em um campo elétrico, um campo elétrico que controla os seus movimentos. Lo nunca se sentira tão pequena e fraca como agora. Ela não tem a menor chance contra o mestre.

– Você entendeu bem – afirma o mestre.

O mestre tem a capacidade de ouvir os pensamentos dela. Ela precisa controlá-los.

– Não faz a menor diferença. Eu ficarei sabendo do que quiser, de qualquer maneira – o mestre fala. – Mas, primeiro, você precisa saber o que eu sou para entender com quem está lidando. Sou o Portador da Luz!

– Portador da... – diz Lo, que é interrompida pelo juiz e por Gunvor, que pressionam a cabeça dela contra o chão.

– Ninguém, além de mim, pronuncia o meu nome em voz alta.

– Senão, o que acontece? – pergunta Lo, quando os outros soltam a sua cabeça.

– Nem queira saber. Todos me chamam de mestre. A minha hora é agora e você foi enviada para cá a fim de me ajudar.

– Por que eu iria ajudá-lo? – diz Lo e um choque elétrico passa pelo seu corpo, provocando-lhe falta de ar.

– Você não deve falar. Deve escutar.

Lo concorda com a cabeça e ouve o que o mestre lhe conta. Ele diz que chegará um tempo em que toda a humanidade irá adorá-lo, pois assim foi predestinado. Todos farão as vontades dele com alegria. As pessoas já tiveram que decidir tantas coisas, que não querem mais ter o poder de decidir sozinhas. Elas desejam que alguém tome decisões por elas. Desistir de sua própria liberdade não é um sacrifício. É uma libertação.

– Vocês, humanos, foram condenados à liberdade. É um castigo difícil. Eu perdoo a todos. Está na hora agora, vocês já esperaram demais – anuncia o mestre.

Lo não para de pensar no porquê de o mestre precisar logo dela. Tudo já estava predestinado. O que o mestre vai fazer com ela?

– Também está predestinado que você irá me ajudar – diz o mestre, respondendo aos pensamentos dela. – Você buscará Amir e Vidar e os trará até mim.

"De jeito nenhum!", pensa Lo. Ela não é uma traidora. Não há nada neste mundo que a faria trair os seus amigos.

Um choque atinge o corpo de Lo, deixando-a paralisada.

– Entregue-me a caixinha! – ordena o mestre, voltando-se para o juiz.

O juiz retira a caixinha de prata do bolso do seu casaco. É a mesma caixinha que estava no caixão do quarto secreto de Gunvor. A caixinha com o raio na tampa. Por que ela não a levou consigo quando esteve lá? O mestre apanha um lenço de tecido, sujo de sangue, e lê, em voz alta, o bilhete preso nele.

– Gabriel, o pai de Lo.

Em seguida, ele estende a mão para o juiz.

– O próximo!

O juiz entrega ao mestre mais um lenço sujo de sangue. Antes mesmo que o mestre leia, Lo já sabe a resposta.

– Sinikka, a mãe de Lo.

O que o mestre diz em seguida, chega como uma surpresa, uma terrível surpresa. Ela nunca teria conseguido adivinhar aquilo, nem mesmo se usasse a sua imaginação tão fértil, mas está convencida de que é verdade.

– Com o sangue da sua mãe e do seu pai em minhas mãos, controlo a vida deles assim como a morte – declara o mestre. – Você irá buscar Amir e Vidar e os trará para mim. Se, de alguma forma, você revelar o que os aguarda, seus pais morrerão. Estamos entendidos?

O mestre liberta Lo da paralisia, para que ela possa responder, dizer o que ele quer ouvir. Mas ela não é nenhuma traidora!

———

Vidar bebe as últimas gotas de água e seca o suor da testa. Logo chegarão até a fonte, ele já avista o pinheiro atingido pelo raio.

Amir ficou esperando na cabana. Tinham sido obrigados a se separarem, pois Amir não aguentaria fazer o caminho pela floresta por causa de seu pé ainda machucado. Foi melhor assim. Logo que Vidar conseguir apanhar a pedra do destino, voltará para junto do amigo. Laurentia ainda não retornou. Havia um bilhete sobre a mesa dizendo que ela tinha ido ao banco para ajeitar as coisas. Se soubesse que eles já tinham conhecimento de onde a pedra do destino se encontrava, ela não precisaria ir a lugar nenhum. Vidar espera que ela esteja com Amir agora, que não tenha conseguido pegar um empréstimo e que tenha retornado para a cabana. Ela ficará muito contente quando souber que eles encontraram a pedra do destino.

Vidar se ajoelha junto à fonte. Seu corpo faz sombra e ele precisa mudar de posição para poder ver melhor. A pedra de lápis-lazúli em formato cilíndrico está lá na água. Como Alice Glas teve coragem de deixá-la assim tão visível? Imagine se alguém visse a pedra e a levasse dali? Ninguém havia feito isso, mas mesmo assim...

Vidar coloca a mão na água e apanha a pedra. Ele não sente nada de seu poder mágico. A pedra é fria em suas mãos. Ele a leva junto ao peito e faz um pedido, com todas as suas forças. Em seguida, diz em voz alta:

– Desejo que nós estejamos de volta à cabana, antes de Lo ir embora. Não quero que ela fique desaparecida. Por favor, faça Lo estar de volta!

Nada acontece. Ele pede mais uma vez. Precisa funcionar.

Mas nada acontece.

Vidar abre a mão, olha para a pedra e vê os sinais incrustados que formam uma palavra. Ele reconhece a escrita cuneiforme, pois é a mesma das tábuas de argila. De um lado, os sinais se parecem com duas letras eles maiúsculas, uma sobre a outra, com uma flecha atrás. O que será que significa? Será que é preciso saber o significado para fazer com que a pedra lhe obedeça? Se Laurentia estivesse ali, ela conseguiria decifrar o que está escrito. Ele tem que voltar correndo para a cabana. Só espera que Laurentia esteja lá.

—~—

Amir levou a cadeira de vime até a janela. Passou o tempo todo sentado ali. Esperando e esperando por Vidar, por Laurentia e também por Lo. Mesmo que a chance seja mínima, ele quer acreditar que Lo voltará. O sol já está baixando, fazendo grandes sombras ao redor da casa. Lá mais adiante, no meio das árvores, já está praticamente escuro. Só espera que Vidar não tenha se perdido. Ele precisa voltar.

Algo se move pelas sombras. Vidar? Não. É um veado que se aproxima e observa. Levanta a cabeça e olha para dentro da cabana. Troca olhares com Amir, mas o garoto não enxerga nenhuma imagem desta vez, como costuma acontecer quando se depara com o texugo. O texugo também se encontra em algum lugar lá fora. Amir gostaria que ele aparecesse agora, que se sentasse ao seu lado, que o fizesse se sentir mais calmo por um momento. A preocupação que sente o está deixando maluco. Ele não quer ficar sozinho, quer estar com seus amigos. Juntos são mais fortes.

Finalmente! Uma silhueta conhecida sai da escuridão e aparece na parte iluminada da casa. Amir vai, apressadamente, abrir a porta.

– Vidar! – ele exclama, abrindo os braços.

Eles se abraçam por um momento, o que é muito agradável. Em seguida, Amir quer segurar a pedra do destino. Vidar a retira do bolso e a coloca, cuidadosamente, na mão de Amir. A pedra é fria e pequena ali na sua mão. Como algo tão pequeno pode controlar algo tão grande quanto o destino? A pedra deve ter poderes mágicos, mas Amir nada sente. Nenhuma vibração, nenhum magnetismo, nenhuma energia, nenhuma magia.

– Eu também não senti – diz Vidar. – Acho que precisamos decifrar o que está escrito nela primeiro, assim que Laurentia chegar.

Amir olha para os sinais em um dos lados da pedra. Ele se arrepia um pouco, pois reconhece a escrita. Seu pai tem um quadro no escritório de casa, com os mesmos sinais. Ou, pelo menos, muito parecidos. Primeiro vem aquela bandeirinha virada com uma flor de oito folhas finas ao lado, depois os triângulos e, por último, aqueles ramos secos de aveia, de lado. Ele conta a Vidar o que acha.

– Eu acho que está escrito *amargi*, você sabe, a palavra que significa liberdade.

– Mas o que a palavra liberdade estaria fazendo na pedra do destino? – pergunta Vidar. – Não é estranho?

Amir se lembra daquela luz forte que havia brilhado na frente deles sobre o telhado da Igreja de Gelo, quando se transformaram em anjos pela primeira vez. Como a luz havia tomado a forma de um olho e depois tinham ouvido a palavra *amargi*.

– Pode ser que não seja assim tão estranho – diz ele. – A palavra liberdade foi a primeira que ouvimos quando nos transformamos em anjos e tudo parece ter uma ligação. Mas preciso conferir no dicionário de Laurentia, para ter certeza de que entendi certo.

– Você sabe onde ele está? – Vidar indaga.

– Não sei, precisamos procurar.

– Ela talvez não queira que mexam nas coisas dela – fala Vidar hesitante.

– Acho que ela quer, sim. Temos pressa. Amanhã já é o equinócio de primavera e pode ser tarde demais. Ainda temos uma chance de impedir o mestre.

– Está bem, você tem razão – diz Vidar. – Existem mais sinais do outro lado que precisamos entender.

Amir olha e não reconhece aqueles sinais, mas eles têm uma forma bem definida. Os primeiros se parecem com dois eles maiúsculos, um sobre o outro e há uma flecha direcionada para frente. Eles estão quase decifrando o enigma. Para frente é o único caminho a seguir.

Eles encontram a mala de Laurentia dentro do armário e no interior dela está o dicionário, que é bem grosso. Vão ter que olhar desde o início. Fecham as cortinas e se sentam à mesa da cozinha. Amir começa a procurar pela palavra *amargi*, que está mais adiante no livro. Ele compara sinal por sinal.

– Parecidos, mas não exatamente iguais – diz Vidar.

– Somente algumas pequenas diferenças, mas pode ter a ver com quem escreveu. Laurentia disse que se deve levar em conta algumas diferenças. Acho que isso está certo.

– Eu concordo com você, são muito parecidos. Vamos continuar procurando os outros sinais, pois isso vai levar muito tempo.

Eles tinham razão. Demora muito para encontrar cada sinal. Eles não têm nenhuma palavra para procurar, precisam olhar o dicionário todo, página por página, até acharem o sinal correspondente. Além disso, não é como um alfabeto, que tem entre 20 ou 30 letras, ali há mais de cem sinais. Primeiro, eles examinam a mesma página juntos, mas, em seguida, resolvem que cada um irá procurar em uma página diferente. Eles já tinham avançado bastante quando encontram uma flecha cheia de riscos.

– Olhe aqui! – Amir aponta, mostrando no dicionário. – Está escrito *Bi*, que significa seus ou suas.

– Então, fica "seus" alguma coisa – analisa Vidar. – Quando encontrarmos o próximo sinal, teremos ideia do que se trata.

Vidar alonga o corpo e boceja.

– Primeiramente, preciso comer alguma coisa – diz ele, indo até a geladeira.

– Sim. Eu vou continuar aqui – fala Amir, examinando sinal por sinal. É tão emocionante que em algum lugar do dicionário se encontre a resposta. Nada mais tem importância agora.

Vidar volta para a mesa trazendo sanduíches e suco para os dois.

– Muito obrigado! – agradece Amir, olhando rapidamente para cima antes de continuar a sua busca no livro, ao mesmo tempo que vai comendo o sanduíche.

De repente, ele vê. Aqueles dois eles maiúsculos. Ele sente uma onda de alegria percorrer o seu corpo, mas olha mais uma vez antes de falar. São os mesmos sinais que há na pedra do destino. Agora, ele sabe o que está escrito lá.

– Eu achei... – diz Amir, sendo interrompido por batidas na porta da cabana.

Amir e Vidar entreolham-se. Quem será? O que eles devem fazer?

Amir enfia a pedra do destino no bolso, pega o dicionário e vai até o quarto para guardá-lo. Vidar o segue.

Ouvem batidas na porta novamente. Vidar se apressa em abrir as trancas da janela.

Alguém abre a porta da cabana.

## 20

Vidar sobe na janela e se posiciona sobre o parapeito. Quando já está prestes a pular para fora, algo lhe chama a atenção, fazendo com que desista de fugir.

– Amir! Vidar! – chama uma voz que Vidar reconheceria em qualquer lugar e a qualquer hora. Mesmo se estivesse morrendo e perdendo a consciência, ele reconheceria a voz dela.

Amir parece realmente estar contente, mas Vidar está mais feliz ainda. Ele pula para fora, dá a volta ao redor da cabana e chega até a porta de entrada. Lá está ela à sua frente, abraçando Amir. Os cabelos castanhos dourados dela estão desgrenhados e há grandes manchas marrons nas mangas de sua blusa. Assim que ela se vira para Vidar, ele entende o porquê das manchas. O rosto de Lo está bastante machucado, com hematomas e arranhões, além do sangue espalhado nele.

Ele sente uma onda de raiva dentro de si. Gostaria de dar uma lição naquela pessoa que tinha feito isso com Lo.

– Quem lhe bateu? – ele pergunta.

– Ninguém – ela responde. – Eu que fui descuidada, tropecei e caí várias vezes na floresta.

– Isso pode acontecer – diz Vidar. – Você precisa descansar. Vá se sentar que eu vou buscar algo para limpar as suas feridas.

– Não há tempo para isso – fala Lo. – Temos pressa, precisamos correr antes que o equinócio de primavera chegue. Encontrei ajuda, o anjo de luz chegou, o Portador da Luz.

– Você está falando do anjo de luz de seis asas que Cassandra mencionou? – Amir quer saber.

Lo concorda com a cabeça e desvia o olhar.

– O Portador da Luz irá nos ajudar na luta contra o mestre – afirma ela.

– Como você encontrou o Portador da Luz? – indaga Vidar, tentando encontrar o olhar de Lo, mas ela o desvia novamente.

– Foi como uma força que me atraiu para lá, assim que atravessei a porta – diz ela.

– Mas eu achei que você tinha saído daqui porque estava furiosa com Gillis – retruca Vidar. Lembrando-se de como ela ficou zangada.

– Eu talvez estivesse furiosa, mas foi a força que me fez ir até a montanha.

– Isso tudo está me soando muito estranho – diz Vidar, mostrando-se desconfiado.

– Nós já estivemos envolvidos em coisas mais estranhas ainda – diz Amir. – Cassandra tinha dito que o anjo de luz iria nos ajudar.

– Exato – confirma Lo. – Temos que ir.

– Já? Assim, de uma vez? – pergunta Amir.

– O Portador da Luz nos espera. Não temos tempo a perder, pois o equinócio de primavera está quase aí, mas primeiro precisamos buscar as tábuas do destino.

– Nós encontramos a verdadeira pedra do destino – anuncia Amir, apanhando a pedra em forma de cilindro.

– Vocês encontraram? Que maravilha! – exclama Lo, estendendo a mão. – Posso segurá-la?

Amir entrega a pedra para ela e Lo a recebe fazendo uma reverência.

– Mas, então, nós... – Lo murmura e se cala.

– O que foi? – Vidar pergunta.

– Vocês já tentaram mudar o destino com a pedra?

– Sim – responde Vidar. – Mas não funciona. Tentamos decifrar os sinais, para sabermos como se faz. Está escrito liberdade de um dos lados e seus ou suas do outro, mas está faltando um sinal...

– Eu o encontrei exatamente antes de Lo bater na porta – diz Amir. – Está escrito *Tesh*, que significa união.

– Suas uniões – Lo fala. – O que será que isso quer dizer?

– Talvez seja como *amargi*, que sabemos significar liberdade, mas na verdade está escrito "retornar para a mãe". "Suas uniões" também pode ter outro significado.

– Como vamos descobrir isso? – questiona Lo.

– Eu não sei – diz Amir. – Mas enquanto tivermos a pedra do destino conosco, o mestre não poderá comandar o céu e a terra.

– Que bom – diz Lo, tirando o seu amuleto de prata do pescoço. Em seguida, ela passa a corrente através do orifício que há na pedra em forma de cilindro. Coloca novamente a corrente no pescoço e esconde a pedra dentro da blusa. – Temos que ir agora! O Portador da Luz nos espera!

– Mas onde?

– Ao pé da montanha, onde a abertura termina – ela responde, apagando a luz, fechando as cortinas e apontando.

A luz forte da lua ilumina a paisagem e a silhueta da montanha, que se estende acima da floresta. Aquela não é Änglaberget, a montanha dos anjos, onde Vidar tinha apanhado a pedra do destino. Essa montanha que Lo está lhes mostrando fica para o outro lado.

– Parece ser longe. Amir está com dificuldades para andar... – diz Vidar.

– Estou bem melhor agora e tenho a bengala – rebate Amir. – Se eu tomar um analgésico, não terei problemas.

Vidar tranca a porta da cabana e está pronto para pendurar a chave de volta no lugar, quando Lo diz que precisam buscar as tábuas do destino primeiro.

– Mas elas não são as tábuas do destino – diz Vidar. – Nem precisamos mais delas agora que temos a pedra do destino conosco.

– Pode ser bom tê-las conosco também – afirma Lo muito decidida.

– Mas... – diz Vidar.

– Vamos buscá-las e parar de falar na pedra do destino. Pensem somente nas tábuas do destino agora, está bem?

Tanto Amir quanto Vidar concordam com ela. Não é possível discordar de Lo quando está assim tão determinada. Há alguma coisa de estranho com a garota, algo de errado. Ela está se comportando de uma maneira muito esquisita. Por que ela tinha batido na porta antes de entrar? A porta nem estava trancada.

– Esqueci a minha bússola – Vidar fala, voltando para a cabana.

Na verdade, ele nem tinha esquecido a bússola, pois a trazia na mochila. Tudo que era importante estava sempre pronto. Ele voltou à cabana a fim de escrever um bilhete para Laurentia, contando que Lo os havia levado até o Portador da Luz e dizendo para que lado

129

da montanha tinham ido. Se algo sair errado, Laurentia poderá ajudá-los. Lo nem precisa ficar sabendo sobre o bilhete dele, pelo menos por enquanto. Em primeiro lugar, ele deve descobrir o que há de errado com ela, por que está tão estranha. Será que ela fez algo de errado e sente vergonha? Alguma coisa que não tenha dado certo? Que queira esconder e consertar primeiro antes de lhes contar? Seja o que for, ela não os traiu, nunca faria uma coisa dessas e ele tem certeza absoluta disso. Mesmo que tenha passado por situação difícil, ela é ainda mais bondosa que Vidar, o que nem sempre demonstra ser. Lo é uma heroína. Nunca trairia seus amigos para salvar sua própria pele. Vidar a ama do jeito que ela é, uma garota que não desiste do que quer. Ela não é como ele. Ela é como é. Lo é única.

<hr style="width:15%" />

Amir e Vidar esperam do lado de fora, enquanto Lo entra no túnel do texugo para buscar as tábuas de argila. Amir não entende para que elas servem agora. Por que carregá-las se já possuem a pedra do destino? Teria Lo ficado confusa por causa do calor? Mas nem está mais tão quente. Será que o calor estava indo embora ou ele já tinha se acostumado? Ele queria muito poder conversar com Vidar sobre tudo que o estava preocupando, mas é tanta coisa que ele nem sabe por onde começar. Espera que Lo mostre o caminho que devem seguir. Ele irá se concentrar e tentar descobrir o que "suas uniões" pode significar de verdade e por que está gravado assim na pedra do destino. Isso irá ajudá-los quando for necessário.

Amir se apoia na bengala e olha para o céu estrelado. A lua tem a luz forte e parece já estar na sua fase cheia, apesar de que o dia certo para isso é amanhã. Quando Lo sai do túnel do texugo, ela entrega as tábuas de argila para Vidar guardá-las na mochila.

— Eu vi um carro quando estava indo para a cabana. Você poderia dirigi-lo, Vidar? — diz Lo.

— Sem chaves?

— Nisso, eu dou um jeito — declara Lo.

— Como sou burro — Vidar fala. — É claro que você dá um jeito e que eu posso dirigir o carro.

— Ótimo — exclama Amir. — Eu preciso me recuperar mesmo.

— Como está o seu pé? — pergunta Vidar.

— Tudo bem, desde que eu me apoie na bengala, mas se eu puder descansar um pouquinho, melhor ainda.

– Muito bem. Agora vamos – diz Lo.

O carro está estacionado no meio de uns arbustos, um pouco distante da estrada. Lo vai correndo na frente e, quando Amir e Vidar se juntam a ela, a porta do carro já se encontra aberta. Lo está sentada no banco da frente e, mexendo no porta-luvas, acaba encontrando as chaves do carro.

– Que sorte incrível! – diz Vidar.

– Às vezes acontece – fala Lo, passando para o banco do passageiro. – Vamos agora!

Amir se acomoda no banco traseiro e respira aliviado. É cansativo andar apoiado na bengala. Quando estavam na cabana, seu pé parecia melhor, mas agora ele está morto de cansaço. Vai ser bom poder descansar um pouco.

Amir coloca o cinto de segurança e fecha os olhos. Imagens de gotas de água e flocos de neve desfilam em sua mente. O vento os leva para todos os lados. As gotas e os flocos de neve vão formando um desenho, como se estivessem sobre um pedaço de tecido. De repente, há uma cortina, ele vê algo brilhar lá atrás, mas não consegue enxergar o que é. A cortina se abre, revelando um céu escuro como a noite. Um único floco de neve cai. Mas não é um floco de neve, é uma pena branca. Mais uma pena branca voa com o vento e uma terceira a acompanha. As penas se movimentam em círculos e se unem. Formam um triângulo e continuam a girar, como se estivessem dançando calmamente. Um triângulo de penas brancas. Amir não quer que isso termine, quer seguir com essa visão e permanecer naquela dança das penas no céu, das três penas que, juntas, formam um triângulo. Desperta com um estremecimento. Tinham chegado. Seu olhar e o de Lo se cruzam através do espelho retrovisor do carro. Ela parece estar triste e os lábios silenciosos dela formam uma palavra: "Desculpe".

Mas desculpá-la por quê? Não é culpa dela que Amir tenha dor no pé. Mas não é por isso que ela está se desculpando. Alguém abre a porta do carro e olha para dentro. É o homem de olhos azuis.

Não há mais nada a fazer agora. Tinham chegado ao fim. Lo não os levou ao anjo de luz. Ela os conduziu até o mestre. Amir deveria ficar zangado com ela, por traí-los daquela maneira. Mas ele sente apenas tristeza, muita tristeza.

# 21

Lo sente vergonha de si mesma, pois tinha feito o que se podia fazer de pior, algo simplesmente imperdoável, que nunca faria.

– Por quê? – pergunta Vidar, encarando-a com os olhos muito tristes.

Lo desvia o olhar e tenta manter a cabeça fria. Eles não estão brigando com ela, nem Vidar nem Amir. Só parecem estar muito decepcionados, o que é ainda pior. Ela acha mais fácil se defender da raiva, mas acaba conseguindo controlar seus sentimentos e fingir que Amir e Vidar são uns meninos que nem conhece, pois era bem assim há seis meses e poderia continuar desse modo agora.

– Que prazer revê-los – diz o homem de olhos azuis, pegando Amir e Vidar pelas nucas e os empurrando em frente. – Lo vai sozinha, nem precisamos obrigá-la a nada.

Gunvor sai do porta-malas do carro. Tinha levado Lo até a beira da estrada e esperado que eles viessem para o carro. O porta-malas fora preparado para poder ser aberto pelo lado de dentro. Tudo havia sido planejado com antecedência. Nem Amir nem Vidar tinham desconfiado de alguma coisa.

– Gillis tentou matar a pontapés o filho que você tem na barriga – diz Lo cochichando. – Não acha que ele vai tentar fazer isso novamente?

Lo tem tempo de ver os olhos frios de Gunvor a observando antes que a mulher se vire e se afaste sem responder. Gunvor segue o homem de olhos azuis até uma tenda de estilo militar, que eles tinham montado enquanto Lo estava longe dali. Só quando entram na tenda é que Amir e Vidar percebem que Gunvor também se encontra ali, mas eles mal reagem. Estar sob as garras do homem de olhos azuis é bem pior, eles nem conseguem ficar mais assustados do que já estão.

– Amarre-os! – ordena o homem de olhos azuis, atirando uma corda na direção de Gunvor. Em seguida, ele empurra os dois garotos até a estaca que fica no meio da tenda. – Lo pode vir até aqui sozinha.

– Mas eu não ia... – diz Lo.

– Você ia buscar os outros e nada mais que isso – esclarece o homem de olhos azuis, interrompendo-a.

– Mas o mestre tinha me prometido que...

– O mestre dá e o mestre tira. É privilégio exclusivo do mestre o de escolher o que ele realmente prometeu ou não e o que precisa ser dito.

– Então, está dizendo que o mestre não cumpre suas promessas?

– Não foi isso que eu disse. Eu falei que parece que nada lhe foi prometido.

– Mas e a minha mãe e o meu pai?

– Eles estão vivos, por enquanto. Vamos agora, posicione-se junto à estaca.

Lo lhe obedece e se coloca de costas para a estaca, e também para Amir e Vidar. Ela sente o calor dos corpos deles, mas não queria sentir nada agora. O homem de olhos azuis os algema e Gunvor amarra a todos com a corda grossa junto à estaca. Ela prende-os, dá nós várias vezes. Quando termina, fica admirando a sua obra-prima.

– Cuide deles enquanto eu informo o mestre de que as crianças estão aqui – fala o homem de olhos azuis e vai embora.

– Vocês acham que tudo o que fizeram valeu a pena? – Gunvor pergunta, cerrando os dentes. – Fugir daquela maneira do Paz Celestial, quando poderiam ter ficado lá tranquilos à espera que eu os trouxesse até aqui?

Apesar de Amir estar exausto, parecendo que irá desmaiar, ele encara Gunvor e responde diretamente.

– Não me arrependo de nada que fiz, mas você vai se arrepender pelo resto da sua vida pelo que fez.

– Não sinto arrependimento nenhum. Vocês são filhotes de assassinas e não têm o direito de viver. Estar sacrificando vocês a fim de conseguir o que eu mais quero é apenas um ato de caridade para com o resto da humanidade.

– O que você vai ganhar em troca?

– O amor de Gillis – diz Gunvor com tremor na voz.

– Que triste – fala Amir pausadamente.

Lo não entende por que ele não aproveita a ocasião para debochar de Gunvor, que irá espancá-lo de qualquer maneira, não importando o que ele diga.

Mas Gunvor não ataca Amir. Ela respira fundo, coloca as mãos sobre o coração e seus olhos ficam úmidos de lágrimas.

– Você é uma coitada – diz Amir, falando a verdade.

As lágrimas saltam dos olhos de Gunvor, descem e escorrem pelo seu rosto, como uma chuva calma de verão que demora a passar.

Eles escutam passos do lado de fora, aproximando-se da tenda. Gunvor passa a mão no rosto, parecendo surpresa por sentir que estivesse molhado. Ela se vira de costas e enxuga rapidamente as lágrimas. Quando o homem de olhos azuis entra na tenda, Gunvor está parada de braços cruzados, como se nada houvesse acontecido. E nada havia acontecido mesmo. Algumas lágrimas não mudam em coisa alguma a situação na qual eles se encontram. Gunvor tinha feito o que tinha feito. Lo também tinha feito o que tinha feito. Não podia alterar o que quer que fosse agora, mas talvez a pedra do... Lo começa a pensar nas tábuas do destino. Será que eles não darão uma olhada na mochila de Vidar?

– Gunvor, faça uma revista neles! – ordena o homem de olhos azuis.

A mulher examina primeiramente os bolsos de Amir e Vidar, mas nada encontra. Lo é a última a ser revistada, mas Gunvor não age como de costume. Não procura muito bem nos bolsos da garota, portanto deixa passar a faquinha que Lo guarda no fundo do bolso das calças. Lo tem grampos nos cabelos, bem à mostra. Será que Gunvor não irá tirá-los? Parece que não. A mulher nem se incomoda em verificar se Lo traz alguma coisa pendurada no pescoço. Antes de trancá-los no *bunker* do sítio, ela havia tirado tudo de Lo, tinha sido extremamente minuciosa. Talvez a mulher se sinta muito segura de si com o mestre nas proximidades, e os tinha amarrado muito bem. Lo não consegue apanhar a faca do bolso, então não há risco de eles escaparem dali.

———

Vidar não conseguiu dizer nada até agora, parecia ter ficado mudo. Como Lo pôde traí-los assim? Ele nunca teria imaginado que ela fosse fazer uma coisa assim. Ela jamais se perdoará, disso ele tem certeza. Mas ele a perdoa, pois compreende por que ela agiu dessa maneira. O mestre havia ameaçado de matar seus pais e ela tinha sido obrigada a salvar a vida deles. Mas quem irá salvar a vida dele, de Amir e de Lo?

– A mochila – diz o homem de olhos azuis.

Gunvor coloca a mochila sobre a mesa e começa a retirar tudo o que encontra lá dentro: a faca, a bússola, a água, o pão, a pistola, a linha e a agulha e as tábuas de argila.

– O que é isso que vocês têm aqui? – pergunta Gunvor, colocando uma das tábuas sobre a mesa.

– São as tábuas do destino – Lo se apressa em responder e Vidar se lembra do que a garota havia dito lá na cabana, que eles só deveriam pensar nas tábuas do destino. Será que ela tem algum plano?

– Do que se trata? – Gunvor quer saber.

– Deixe-me cuidar disso – diz o homem de olhos azuis, aproximando-se rapidamente.

Ele apanha as outras duas tábuas de argila e as coloca com cuidado sobre a mesa.

– Onde vocês as encontraram? – ele indaga.

– Lá no sítio Paz Celestial – responde Lo.

– Não é possível – diz Gunvor. – Eu nunca as vi por lá.

– Elas estavam escondidas atrás de uma tapeçaria na parede do *hall* – explica Lo. – A avó de Gillis, Alice Glas, participou de algumas escavações e as encontrou por lá. Depois levou-as para casa consigo. Temos um dicionário de escrita cuneiforme lá na cabana. Posso lhes mostrar, se me soltarem.

– O nosso mestre saberá interpretá-las. Não precisamos de nenhum dicionário. Já temos tudo aquilo de que precisamos.

– Para que precisamos das tábuas? – pergunta Gunvor.

– Já temos as crianças conosco e o mestre está se preparando sozinho para a execução – diz o homem de olhos azuis sem se importar em responder a pergunta de Gunvor.

Vidar repara que o homem está se controlando para não demonstrar todo o orgulho que sente de si mesmo. Parece que ele não quer que Gunvor entenda como as tábuas do destino são importantes. Vidar sabe disso, mas há outras coisas que ele não está entendendo.

– O que vocês vão fazer conosco? – pergunta Vidar.

– O mestre precisa de sangue novo para poder viver na terra.

– Por que justamente do sangue de nós três? – Vidar questiona.

– Vocês têm a combinação certa. As mães são humanas e os pais são anjos. O mestre necessita das duas partes.

– Mas onde estão os nossos pais? – Amir quer saber.

Era exatamente isso que Vidar gostaria de perguntar, mas não sentiu coragem para tanto, pois não tem certeza de que queira ouvir a resposta.

– Eles foram amaldiçoados e se encontram entre a terra e o céu. O mestre os libertará assim que vocês forem sacrificados e quando for tarde demais para salvá-los. Eles poderão viver, mas desejariam ter trocado de lugar com vocês.

O pai de Vidar está vivo! Ele desconfiava disso, mas não tinha coragem de acreditar. Queria agradecer a alguém por isso, seja lá a quem for, mas não ao homem de olhos azuis.

– Por que você faz essas maldades pelo mestre? – Vidar pergunta.

– Não é maldade, é bondade. Durante 5 mil anos, o mestre vem aguardando dentro daquele subterrâneo escaldante. Agora a fenda se abriu, o fogo se apagou e as chamas se transformaram em cinzas. Graças a mim, a execução será consumada. Assim que vocês forem sacrificados, o mestre terá mais poder do que nunca. Pela primeira vez, uma única força comandará o céu e a terra. Além disso, sou imediato do mestre – ele responde e faz uma reverência, como se estivesse esperando por aplausos.

Já que ninguém o aplaude, ele coloca as tábuas de argila de volta na mochila e a pendura em seus próprios ombros.

– Irei buscar nossos irmãos e irmãs da Ordem do Raio, para que possamos começar ao amanhecer. Gunvor, você fica de guarda das crianças. O seu lugar é aqui, aconteça o que acontecer. Estamos entendidos?

Gunvor concorda com a cabeça e se coloca em posição de guarda em frente às crianças, até que o homem de olhos azuis tenha se afastado da tenda. Então, ela coloca o dedo sobre os lábios, fazendo sinal de silêncio, antes de começar a desamarrá-los. Ela é muito rápida. Assim que solta a corda, ela apanha o seu alfinete de prata em formato de raio e abre as algemas das crianças. Vidar quer agradecer a Gunvor, mas ela se vira e vai em direção à entrada da tenda. Antes de ela desaparecer, espeta o alfinete de prata no tecido da tenda.

Vidar não entende mais nada. Por que ela os teria ajudado?

Lo faz um sinal para os garotos a seguirem. Vidar apanha a bengala de Amir, que está encostada na tenda, e a entrega ao amigo. Em seguida, vão atrás de Lo, que havia pegado o alfinete de prata de Gunvor, antes de sair da tenda. Lá fora, correm diretamente para a floresta. Mas para onde irão?

– Vocês dois, saiam já daqui – diz Lo. – Eu vou dar um jeito nisso tudo.

– De jeito nenhum! – rebate Vidar, pegando Lo pelos ombros e olhando bem nos seus olhos.

Vidar reconhece o olhar, apesar de ele nunca tê-lo visto em si mesmo. Ele sempre evitava espelhos e sentia muita vergonha. Lo fecha os olhos e ele sabe muito bem o porquê. É insuportável e é óbvio que ela não quer que aquele a quem traiu olhe nos olhos dela. Ela quer ficar sozinha para poder consertar tudo, mas ele não vai deixar, pois foi assim que tudo de ruim aconteceu.

– Sozinha não é forte o suficiente – fala Vidar. – Você ainda não entendeu?

Lo olha para Vidar e sacode a cabeça.

– Preciso fazer isso sozinha, pois já compliquei bastante para você e para Amir. Fujam daqui, enquanto podem.

– Não! – responde Amir, estendendo seus braços para eles. – Vamos fazer juntos!

– Juntos somos fortes! – completa Vidar, soltando Lo e pegando uma das mãos de Amir. Em seguida, ele estende a outra mão para Lo e Amir faz igual. Lo olha um pouco hesitante para os dois garotos, para um de cada vez.

– Vocês não me odeiam? – ela pergunta.

Vidar sacode a cabeça, dizendo que não, pois não quer falar em voz alta o que está pensando. Ele não odeia Lo, muito pelo contrário.

– Todos nós erramos às vezes – ele diz. – Eu sei muito bem e já a perdoei.

– Eu também – diz Amir. – Eu entendo que você fez o que fez pelos seus pais.

– Por favor, me perdoem – pede Lo, segurando as mãos deles. – Eu prometo que ficaremos juntos.

– Eu não odeio você – fala Amir. – Eu a amo, você é a minha irmã mais velha.

– Está bem, agora chega – Lo determina, soltando as mãos e se virando para o outro lado.

Vidar ainda tem tempo de ver as lágrimas nos olhos de Lo, mas ela se vira para eles novamente e parece a mesma de sempre, muito decidida. Lo coloca a mão no bolso e apanha a pistola, que ela deve ter resgatado da mesa lá na tenda.

– Estava na hora de se armar – diz ela.

– Eu vi uma fonte de água natural a caminho daqui – conta Amir, sem nada comentar sobre a pistola.

– Eu trouxe a garrafa de água – Lo informa.

– Não estou com sede – fala Amir. – Tive um sonho e acho que já sei o que devemos fazer.

– Não temos tempo para ficar sonhando – retruca Lo. – A batalha final se aproxima e temos que vencer.

Amir também quer vencer, mas ele parece ter outros planos, que não incluem armas.

Vidar sabe atirar e tem mira boa, mas não deseja matar ninguém. Se há outra maneira de vencerem, ele está pronto para fazer uma tentativa.

## 22

Amir se apoia na bengala, indo na frente a fim de mostrar o caminho para Lo e Vidar. Graças a Vidar, havia aprendido como se localizar na floresta, diferenciando a paisagem. Ele tinha reparado na fonte pelo caminho, de onde foram levados até a tenda militar, e pensado no que Laurentia dissera anteriormente. Ela lhes contara que pia batismal tinha origem na palavra "fonte", do latim, e significava o mesmo que fonte de água, que era um lugar onde se podia ser batizado. Ele, Lo e Vidar haviam sido batizados. Lá em frente está a fonte, junto à pedra pontiaguda, depois do formigueiro, debaixo do pinheiro alto.

Amir conta aos amigos sobre o seu plano.

– "Armem-se com asas" não significa apenas que podemos voar com elas, mas também usá-las como armas – diz Amir. – Laurentia me revelou que a primeira vez que Imdugud perdeu, indo parar debaixo da terra, não foi por causa de uma arma, mas sim em virtude de uma pena. Eu sonhei com três penas que dançavam no céu. Depois entendi que devia significar nós três juntos, como o anjo de luz de seis asas. Somos nós que venceremos Imdugud ou o Portador da Luz, como a criatura costuma chamar a si mesma.

– Então, você acha que devemos ficar dançando até matar o Portador da Luz? – pergunta Lo, incrédula.

– Não iremos dançar assim de início, mas vamos ficar juntos como se fôssemos uma trindade, como o triângulo que eu vi no meu sonho. Andei pensando nos sinais da pedra do destino também. Acho que *teshbi* significa juntos. Juntos, podemos ser um triângulo de força, um anjo de luz de seis asas. Se acreditarmos na possibilidade, se realmente acreditarmos, tudo pode acontecer – Amir afirma.

– Mas quando estamos na forma de anjo, nada podemos fazer. Só atravessamos todas as coisas, então fica impossível vencer – analisa Lo.

– Nós não iremos enfrentar uma pessoa. Não é um ser humano, mas uma outra criatura.

– O Portador da Luz tem uma força elétrica que me fez ficar paralisada.

– Eu acho que nós também podemos nos transformar em uma força – diz Amir.

– Eu também – Vidar concorda. – Quero que seja assim.

– Está bem. Aceito a tentativa – Lo fala.

– Lo, você precisa acreditar – alerta Amir. – Lembra como foi na Igreja de Gelo pela primeira vez?

– Eu estava tão zangada que queria dar um chute na pia batismal – responde Lo. – Mas não foi isso o que fiz.

– Não mesmo, você se acalmou e viu que a violência não resolve tudo – relembra Amir, sem nada contar que ele estava ao lado dela em sua forma de anjo e que talvez a tenha ajudado naquele momento. – Foi só depois de acreditar que se transformou em anjo. Desta vez, você vai ter que acreditar com mais força ainda.

– Obrigada pela dica – agradece Lo sorrindo. – Eu terei paciência e não vou me zangar, se não conseguir de uma vez.

– Venham – diz Amir, ajoelhando-se ao lado da fonte.

Lo e Vidar também se ajoelham. É uma pequena fonte, mas a luz forte da lua faz com que as águas cristalinas fiquem bem visíveis.

– A pia batismal feita pela natureza – Amir fala. – Fomos todos batizados em fontes naturais e poderemos nos transformar em anjos por meio delas.

Amir coloca as mãos sobre a fonte. Lo e Vidar fazem o mesmo. Eles se abrem para a possibilidade, todos ao mesmo tempo.

O ruído do bater de asas tão conhecido deles faz Amir sorrir. Ele está contente por terem se mantido na forma humana por bastante tempo, por terem tido a oportunidade de se concentrarem e de se fortalecerem. Agora precisam agir rapidamente para derrotar o Portador da Luz.

– Armados com asas, derrotaremos o Portador da Luz – declara Lo.

– Uma trindade – diz Amir, estendendo as mãos para Lo e Vidar.

Eles seguram as mãos uns dos outros e formam um triângulo ao redor da fonte.

– *Amargi teshbi* – profere Amir e os outros repetem "liberdade juntos" em sumério.

A pedra azul do destino, que Lo traz no pescoço, começa a brilhar. Uma luz branca percorre o braço da garota, passando para o braço de Vidar, chegando até Amir, retornando para Lo e diretamente para a pedra. A força que os atinge é tão intensa que Amir quer se soltar, mas sabe que não deve fazer isso. Eles precisam se segurar uns aos outros com toda a força. Tudo agora depende da força de união deles. O triângulo os salvará e eles salvarão o mundo, tanto o céu quanto a terra.

Lo está enfeitiçada pela força. Uma energia intensa arde dentro deles, tornando-os um só. Ela é Lo, Amir e Vidar, os seus sentimentos e os deles, todos misturados em um só. Não há limites entre o que é de um ou de outro. Eles voam como se fossem apenas um corpo adornado de seis asas, um anjo de luz que salvará o mundo. Emitem uma luz, uma luz em forma de triângulo, que ilumina o solo lá embaixo e os segue tal qual uma sombra. A luz se parece com o triângulo que Lo havia visto no olho do lince. Era isso que o animal queria lhe mostrar, a trindade.

Eles chegam ao pé da montanha, onde ela encontrou o Portador da Luz pela primeira vez. Da fenda profunda, vem uma luz, mas a única coisa que eles veem são as cinzas. Não há rastros do Portador da Luz. A criatura deve estar escondida sob as cinzas, como da outra vez que só apareceu quando Gunvor e o juiz a chamaram usando as palavras certas: "Eternamente fiel ao mestre". Mas Lo, Amir e Vidar não são fiéis a mais ninguém, só a si mesmos.

– O mestre – dizem todos ao mesmo tempo e em uma só voz.

As cinzas se movimentam, rodopiando no ar. O Portador da Luz está a caminho. No mesmo momento em que a criatura mostra o seu rosto malvado e indescritível, Lo sente medo, força, coragem e pavor, tudo junto.

– Ninguém deve incomodar-me – fala o Portador da Luz. – Desapareçam daqui!

O Portador da Luz sacode as suas imensas asas e as cinzas se espalham pela paisagem como se ocorresse uma tempestade de areia. O campo elétrico, que havia paralisado Lo na outra ocasião, vem até eles, mas desta vez os amigos se defendem dele, com suas forças unificadas, o que deixa o Portador da Luz enfurecido.

– Quem é você, sua coisinha? – ele grita e ri com deboche. – Não tente me desafiar!

– Você vai voltar para as profundezas da terra – dizem os três juntos.

– Eu comando tudo entre o céu e a terra. Você tem que me obedecer!

– Você não tem as tábuas do destino – eles retrucam. – Sem elas, não tem como comandar nada.

– Eternamente fiel ao mestre! – alguém grita por ali.

Abaixo deles, vem chegando o homem de olhos azuis, correndo. Ele não entende o que está acontecendo.

"O mestre não tinha mencionado nada sobre uma criatura branca no céu", ele pensa. "O que saiu errado? O mestre precisa das tábuas do destino imediatamente." Ele tira a mochila das costas e apanha as tábuas do destino de lá.

– Mestre, eu tenho aqui as tábuas do destino – diz ele.

– Isso é lixo – responde o Portador da Luz, derrubando as tábuas do destino das mãos do outro.

As tábuas caem no chão e se quebram. O homem de olhos azuis parece ficar arrasado.

– Busque as crianças! – ordena o mestre.

– Mas as tábuas do... – murmura o homem de olhos azuis.

– Imediatamente! Quero o sangue delas agora!

O homem de olhos azuis se vira e sai correndo em direção à tenda militar. Ao mesmo tempo, chegam o juiz e os outros integrantes da Ordem do Raio. Assim que eles avistam o Portador da Luz, caem de joelhos junto à abertura e dizem:

– Eternamente fiel ao mestre!

O campo elétrico do Portador da Luz se fortalece, penetrando entre Lo, Amir e Vidar, tentando separá-los. Eles se seguram uns nos outros o máximo possível, mas, mesmo assim, Lo sente como a mão de Amir começa a escorregar da sua. Isso não pode acontecer!

– Portador da Luz – eles dizem com uma única voz e Lo fica aterrorizada. Ela não queria dizer isso, mas Amir os obrigou a fazer. Ele não sabe o quanto é perigoso, não foi avisado como ela foi. Porém, Lo não consegue impedi-lo e tem que o acompanhar.

– Portador da Luz – eles dizem novamente.

O campo elétrico que os tenta separar vai enfraquecendo. Eles não estão correndo perigo, é o Portador da Luz que procura se proteger. Falar o nome da criatura em voz alta o enfraquece e Amir tinha feito a coisa certa.

– Portador da Luz – eles falam várias vezes e continuam repetindo.

Na frente deles, o Portador da Luz começa a afundar cada vez mais nas cinzas da cratera, até desaparecer completamente. Tudo fica coberto de cinzas, mas isso não basta. Eles precisam fechar a abertura.

Vidar fica pensando na floresta, no sistema de raízes das árvores, em como elas se entrelaçam debaixo da terra, umas às outras. Se conseguirem fazer com que as raízes se estendam umas até as outras, poderão provocar o fechamento do solo novamente. A floresta foi danificada pelo Portador da Luz, mas a luz de Lo, Amir e Vidar poderá dar nova força às árvores. Juntos, por intermédio de Vidar, eles pedem ajuda à floresta, concentrando-se nas raízes debaixo da terra e suplicando que a luz penetre lá embaixo e auxilie as raízes a se unirem umas às outras.

O que eles pedem acaba acontecendo. Juntos com a floresta, eles conseguem fazer as raízes se encontrarem. Elas lutam para isso. Raiz por raiz vai se esticando através do solo e das pedras, por todos os lados. As raízes encontram-se junto à fenda e a vão cobrindo, como se fossem linha e agulha costurando um grande ferimento, vão alinhavando a ferida na terra. Ponto por ponto, até costurarem toda a fenda. A abertura foi fechada. O Portador da Luz foi derrotado. A batalha tinha sido vencida.

## 23

Vidar deixa que Lo solte a sua mão. Ele poderia ficar ali a segurando por mais tempo, mas o triângulo havia sido rompido. Vidar sente um vazio dentro de si, uma sensação de estar completamente perdido. Quem é ele? Lo e Amir parecem estar se sentindo da mesma maneira que ele: perdidos, confusos. Até há pouco, sabiam o que tinham que fazer. Agora já não sabem de nada.

Abaixo deles, os integrantes da Ordem do Raio se encontram deitados no chão, mas não todos. O homem de olhos azuis está desaparecido e Gunvor já tinha ido embora há muito tempo. Os outros estão ali estirados, como se houvessem sido derrubados. Será que eles perderam as vidas quando o mestre foi derrotado?

O ruído de um helicóptero rompe o silêncio. A polícia está a caminho. Vidar olha para o céu, que está muito claro. Havia amanhecido sem que ele percebesse.

Vidar voa até o helicóptero e dá uma olhada. Ele teme que sejam os comparsas do homem de olhos azuis, aqueles policiais que tinham tentado capturá-los na Igreja de Madeira, mas não são eles. É um dos policiais que ajudou Edel a libertar Cassandra e Stella. Edel está ao seu lado no helicóptero, Laurentia também se encontra ali. Ela achou o bilhete dele e chamou socorro. Vidar escuta os pensamentos deles.

Edel está preocupada com a possibilidade de que as crianças estejam feridas. Laurentia não lhe contou sobre o Portador da Luz, disse apenas que a ordem secreta os havia aprisionado. Edel informou à polícia sobre a corrupção dentro da Ordem do Raio, revelando tudo e exibindo as provas que tinha em mãos. Ninguém sabe por que eles agiram dessa maneira. O que havia acabado de acontecer nunca poderia ser revelado por Lo, Amir e Vidar, pois, do contrário, eles terminariam trancafiados em um hospício e chamados de loucos.

O policial acaba de ver os integrantes da Ordem do Raio e o helicóptero então começa a descer para fazer o pouso.

– Vamos embora – diz Lo.

– Você não ouviu que Edel já contou tudo à polícia? As nossas mães serão libertadas e nós poderemos voltar cada um para a sua casa – Vidar comenta.

– Sim, eu ouvi. Vamos embora direto, não quero mais ficar aqui – declara Lo.

– Não – responde Vidar. – Vamos voltar à forma humana e estaremos aqui quando eles pousarem. Temos que contar o que aconteceu. Se formos embora agora, os integrantes da Ordem do Raio vão poder dizer o que quiserem para Edel e para os policiais.

– Não podemos contar que somos anjos – diz Amir.

– Não vamos fazer isso! – rebate Vidar. – Queria dizer que precisamos contar que fomos aprisionados e maltratados por eles.

Lo leva a mão até o pescoço e segura a pedra azul.

– Vocês têm razão – concorda ela. – Temos que fazer isso.

Então, eles voam de volta à fonte. Quando se aproximam, avistam alguma coisa lá embaixo. Há três vultos parados, aguardando por eles, à espera para levá-los dali.

———

O coração de Amir bate com tanta força que parece que vai explodir. Não pode ser verdade, mas é aquela pessoa mesmo que está parada lá junto à fonte.

– Papai! – grita Amir, jogando-se nos braços do pai, mas passando através dele.

O pai não percebe nada, apesar de ele já ter sido anjo também. Será que ele agora é uma pessoa como as outras?

– Sinto a presença de alguém aqui – diz o pai, estendendo a mão. – Amir, é você?

– Sim, sou eu – ele responde, mas o pai não o escuta.

– Não consigo vê-lo ou ouvi-lo – informa o pai. – Mas sinto que há alguém aqui.

– Papai! – grita Lo, abraçando um homem de cabelos castanhos dourados e olhos da mesma cor.

Eles são tão parecidos e Lo é tão rápida. Ela já tinha voltado à sua forma humana. Amir se debruça sobre a fonte. Sente uma ardência entre os ombros e o pai o vê imediatamente. Olha para Amir com os olhos cheios de lágrimas.

– Amir – o pai fala, abrindo os braços.

Amir corre para abraçá-lo. Nos braços do pai, ele fecha os olhos e se sente muito seguro, reconhecendo o seu cheiro. Fica assim por muito tempo, até que abre os olhos e avista Vidar abraçando o terceiro homem que está ali presente, que deve ser o seu pai, apesar de não serem nada parecidos. O pai de Vidar tem os cabelos claros e cacheados e os olhos azuis. Vidar é mais parecido com a mãe, assim como Amir é parecido com a sua.

– Onde vocês estavam? – pergunta Amir.

– É uma longa história – responde o pai. – O Portador da Luz nos amaldiçoou e nos enviou para um lugar entre o céu e a terra. De lá, víamos tudo o que estava acontecendo com vocês, mas nada podíamos fazer. Às vezes, mandávamos imagens por meio dos animais.

– Então, era assim? – Amir indaga pensativo. – Quando o texugo estava comigo, às vezes, parecia que era você quem estava lá.

– Eu estava lá com você, de alguma forma, mas foi terrível não poder estar na terra para ajudá-lo.

– Como você conseguiu retornar?

– Assim que vocês derrotaram o Portador da Luz, a maldição foi rompida e voltamos para cá. Os animais nos encontraram junto à montanha e nos guiaram até aqui, a fonte – responde o pai, olhando para os arbustos ao longe.

Lá estavam os três animais: o texugo, o lince e a águia. O texugo se aproxima, Amir se ajoelha e estende a mão. O animal a lambe. Ele não vê nenhuma imagem ou ouve palavras. Seu pai está ali ao seu lado e era ele quem mandava as mensagens. Amir se abaixa mais e encosta o seu nariz junto ao focinho do texugo, que é frio e um pouco úmido. Eles olham um nos olhos do outro por um instante, como se fosse um momento de despedida. Será que nunca mais irão se encontrar? Então, Amir recebe uma imagem. Vê a pedra do destino. Devem escondê-la imediatamente.

Amir levanta o olhar. Lo está de joelhos, abraçando o lince. A águia pressiona o bico contra a mão de Vidar. Como se recebessem um sinal, os três se olham e acenam com as cabeças. Todos eles sabem o que devem fazer. A pedra do destino não deve ficar sob o domínio de ninguém, precisa retornar à natureza, ser guardada em algum lugar secreto, onde nenhuma pessoa possa encontrá-la.

Assim que terminam de fazer o que era preciso, é chegada a hora de se aprontarem para encontrar com a polícia.

Lo dá uma olhada em volta, na tenda militar. O pior já havia passado e os integrantes da Ordem do Raio tinham se acalmado. Eles sabiam que não adiantava protestar mais. Ninguém se importava que muitos deles ocupassem posições de destaque no sistema judiciário. Edel tinha providenciado provas e evidências suficientes para fazer com que a maioria deles fosse presa. Além disso, eram acusados de ter sequestrado e maltratado três crianças inocentes. Agora deveriam esperar por mais carros de polícia que irão levá-los até o presídio.

Assim que Edel, a madrinha de Amir, confirmou que estava tudo bem com os três, ela começou a mandar e a desmandar em todos à sua volta. Ela enviou também um carro da polícia até o sítio Paz Celestial a fim de dar ordem de prisão para Gunvor e Gillis.

Edel tem iniciativa própria, mas Lo não acha que todos os policiais estejam satisfeitos com isso no momento. Alguns parecem bastante irritados que a madrinha de Amir esteja se intrometendo demais, mas eles nada dizem. Há algo com o jeito decidido dela e a sua barriga de grávida, que ela usa como se fosse uma espécie de escudo à sua frente. Todos se afastam quando ela chega por perto. Talvez tenham medo de machucar o bebê se esbarrarem em Edel.

Gillis não teria nenhum cuidado ou alguma consideração com ela. Ele daria um chute diretamente na barriga de Edel, assim como havia feito com Gunvor. Deve ter sido por essa razão que Gunvor mudou de ideia e os ajudou, finalmente. Demorou bastante para que ela percebesse a pessoa horrível que Gillis era. Um sujeito assim ninguém quer como pai de seu filho, mesmo que passasse a amá-la depois que ela sacrificasse Lo, Amir e Vidar. Talvez o filho na barriga tenha feito com que Gunvor não fosse capaz de sacrificar os filhos de outras pessoas.

Assim que eles conseguirem um micro-ônibus, irão até o hospital com os pais, para serem examinados e medicados. No dia seguinte, será possível testemunharem. A única coisa que a polícia poderá ficar sabendo é que eles tinham sido sequestrados e maltratados e que os pais foram mantidos aprisionados na tenda militar durante muito tempo. No momento, eles não aguentam falar mais, precisam se recuperar primeiro.

Laurentia também foi muito cuidadosa ao contar sobre o caso. Ela falou o mesmo que já tinha dito antes, que Lo, Amir e Vidar pegaram carona com ela, e a polícia não estava nem um pouco interessada na escrita cuneiforme e nos livros antigos dela.

– Estou contente que chegamos aqui a tempo, antes que alguém se machucasse gravemente – diz Laurentia.

– Lápis-lazúli nos ajudou – Amir informa.

– Então, vocês encontraram... – fala Laurentia, encarando Amir com um olhar interrogador. O garoto sacode a cabeça dizendo que sim.

– E a devolvemos para a natureza – declara ele. – Lá é o lugar dela.

Laurentia parece ficar decepcionada. Ela, com certeza, gostaria de ver a pedra do destino pessoalmente, mas ninguém ficará sabendo onde a esconderam. Somente eles sabem, e os animais, que irão guardar o segredo com eles e continuar a viver na floresta. Quando se separaram, perto do esconderijo, parecia que nunca mais iriam se reencontrar, mas, ao mesmo tempo, o lince fez Lo entender que eles pertenciam um ao outro. Não era apenas o pai de Lo que estabelecia a ligação entre eles. O lince também tinha a sua própria vontade, assim como o texugo e a águia. Amir e Vidar se sentiram exatamente como Lo, eles estavam ligados aos seus animais e os animais a eles.

– Estou muito agradecido por você ter ajudado as crianças – diz o pai de Amir para Laurentia.

– Graças às nossas conversas, na Biblioteca Nacional, eu consegui entender o que estava acontecendo – responde Laurentia. – Porém, há muita coisa que eu não compreendo e gostaria de ficar sabendo mais. Não agora no momento, mas...

– O micro-ônibus chegou – Edel interrompe a conversa deles. – Eu levo vocês ao hospital.

– Podemos nos encontrar quando tudo estiver mais calmo – propõe o pai de Amir para Laurentia.

Não há lugar para ela ir com eles, então se despedem ali mesmo. Serão muitas despedidas nos próximos dias.

Lo se senta ao lado do pai no micro-ônibus, segurando a mão dele entre as suas. Tem tanta coisa que ela gostaria de lhe perguntar, mas agora só quer ficar ali junto dele. Aconchega-se mais a ele e olha a floresta através da janela. As cascas das árvores tinham mudado de cor, estão verdes de novo, exatamente como sempre deveriam estar, como se nada houvesse acontecido. Tudo parece irreal e ela se encontra no meio de lugar nenhum. Em um mapa, o local deve ter um nome, mas a floresta dá a impressão de ser sempre igual, mesmo depois de andarem muitos quilômetros. Ela poderia estar em um lugar qualquer, mas não está. Agora começa a reconhecer a área. Lá na frente, faz-se a curva para chegar ao sítio Paz Celestial. A floresta se abre em uma clareira, junto à estrada, e ela observa por entre as árvores.

Está pegando fogo! Será que há um incêndio no sítio?

– Entre aqui – pede Lo. – Preciso ver se é o sítio que está pegando fogo.

– Já mandamos um carro de polícia para lá. Eles chamarão os bombeiros se precisar – diz Edel. – Vocês têm que ir para o hospital.

– Não! – gritam Lo, Amir e Vidar ao mesmo tempo. – Queremos ver!

– Está bem – concorda Edel, reduzindo a velocidade e fazendo a curva.

Ela dirige até o Paz Celestial. O portão está aberto. Eles estacionam o carro a certa distância do sítio, que está pegando fogo. A casa, o estábulo, a casinha lá fora, tudo está em chamas. O incêndio se espalha, fazendo partes da casa desabar. Chamas imensas em amarelo e laranja parecem línguas de fogo lambendo a casa. As ovelhas estão do lado de fora, protegidas pela cerca e pelo muro, portanto, salvas.

Gunvor e Gillis estão parados, cada um ao lado de um policial e observam o incêndio. O som de sirenes de um caminhão de bombeiros se aproxima, mas já é tarde demais. Não há mais nada que possam fazer. O telhado e as paredes já tinham desabado. No mesmo instante em que o caminhão de bombeiros atravessa o portão do sítio, um dos policiais obriga Gillis a entrar no carro. O outro policial pega Gunvor pelo braço e ela olha para Lo, que lhe acena com a cabeça. Lo abre a porta do micro-ônibus e desce.

– Esperem aqui, eu já volto – diz ela para os outros, fechando a porta.

Lo corre até Gunvor, que tem uma das mãos algemada à mão do policial.

– Ela será levada daqui – informa o policial, empurrando Gunvor.

– Por favor – Lo fala. – Sou uma das crianças que ela prendia aqui. Só quero dizer umas palavras.

– Eu entendo. Você tem um minuto, depois temos que ir. Eu vou me afastar, para dar privacidade – o policial avisa, virando-se para o outro lado.

– Obrigada por ter nos soltado – diz Lo para Gunvor.

– Perdão – responde Gunvor. – Por tudo o que eu fiz com vocês. Não era certo.

– Não – concorda Lo. – Nunca perdoarei você. Só estou contente por ter nos ajudado, mas você fez tantas coisas horríveis que não podem ser perdoadas.

– Eu a entendo. Também não perdoaria – afirma Gunvor, colocando a sua mão sem algema sobre o ventre.

Lo sabe que Gunvor nunca perdoará Gillis por ele querer matar a criança que ela carrega na barriga.

Lo coloca a mão no bolso e sente que a pena ainda está lá. Aquela que tinha tirado do caixão da criança no quarto secreto de Gunvor. A pena que Lo guardou para se lembrar de que não deveria julgar alguém pelos erros e crimes cometidos pelos seus pais. Ela nunca irá esquecer, não precisa de nada que a faça se lembrar disso.

– O caixão ainda estava lá no estábulo? – Lo pergunta.

Gunvor fecha os olhos e aperta os lábios. Seu segredo fora descoberto.

– Não vou contar para ninguém. Só queria saber.

Gunvor concorda com a cabeça e parece triste. Lo estende a mão e a abre, mostrando a pena, que é de um branco-perolado, com leve tom de marrom meio amarelado na ponta, exatamente como as penas de Lo quando ela se transformava em anjo. De alguma maneira, isso faz com que Lo sinta algo em comum com Gunvor. A mulher encara Lo, indagando com o olhar e a garota confirma. Lo observa que Gunvor entendeu de onde veio a pena, que é tudo o que sobrou da criança morta para a mulher. Lo se aproxima e coloca a pena na mão de Gunvor. Em seguida, vai embora sem olhar para trás.

– Obrigada – ela ouve Gunvor dizer.

Mas Lo não fez isso por Gunvor, mas sim pela criança que estava para nascer. Por meio da pena, Lo desejava tudo de melhor para o bebê.

# 24

Vidar se recosta na cama do hospital. Lo e Amir estão acomodados no mesmo quarto. Eles passarão a noite ali para observação, mas já haviam sido examinados e medicados, além de terem feito exames de radiografia, para verificar se não possuíam nenhum ferimento interno. Comprovou-se que não tinham nada de grave. Fotografias foram tiradas dos ferimentos deles, para serem usadas como provas e documentação no julgamento dos indiciados. Todos no hospital mostraram-se bondosos e cuidadosos, perguntando o tempo todo se estavam bem assim. Haviam aguardado e escutado o que eles queriam dizer, mas Vidar já passara tanto tempo desconfiado do ser humano que tinha dificuldade em acreditar que essas pessoas agora só queriam o bem deles.

Seu pai não tinha saído de perto dele. Ficou sentado em uma cadeira ao lado da cama e, a cada vez que Vidar o olhava, ele sorria. Os pais de Lo e Amir também se encontram no quarto. Edel tinha voltado para Estocolmo, a fim de providenciar a libertação das três mães. Logo as famílias estarão reunidas novamente, o que é inacreditável. Vidar só vai conseguir crer que é verdade quando todos estiverem juntos. Antes disso, tudo pode acontecer. Já tinha sido assim antes.

Batem na porta. Alguém abre e entra. É uma enfermeira, que vem trazendo um carrinho com uma televisão para eles.

– Acho que vocês querem ver as notícias – diz ela, ligando a televisão.

"A polícia libertou hoje, de forma extraordinária, três crianças e seus pais", diz um repórter, ao mesmo tempo que mostram fotos da tenda militar, isolada pela polícia, e dos integrantes da Ordem do Raio, sendo levados para a prisão. Eles escondem seus rostos com as mãos ou com alguma peça de roupa.

"Por que vocês aprisionaram as crianças e os pais?", pergunta um repórter, estendendo o microfone para um homem de terno que, com um lenço, cobria o rosto.

"Somos inocentes!", ele responde.

– Mas que idiota! – esbraveja Lo. – Aquele era o juiz. Um dos mais culpados do grupo.

As mesmas fotografias que mostraram quando eles eram procurados aparecem na TV novamente, mas, desta vez, o repórter tem outras coisas a dizer.

"Essas crianças, que estavam sendo procuradas por terem feito ameaças na ocasião da fuga do lar adotivo, são completamente inocentes. Os pais adotivos estavam envolvidos em uma conspiração que foi desbaratada pela advogada Edel From. Os envolvidos são integrantes do sistema judiciário."

Em seguida, eles assistem a Edel sendo entrevistada e dizendo que ainda não pode revelar nenhum detalhe, pois precisa da autorização dos seus clientes. Mas ela afirma que foi graças a Amir, Lo e Vidar que conseguiram encontrar os pais. Também foram as crianças que fizeram com que as mães possam alcançar a liberdade agora. Elas são inocentes, as provas contra essas mulheres tinham sido manipuladas por pessoas de dentro da Justiça, que agora serão julgadas pelos seus crimes.

– Já entreguei provas suficientes ao promotor, para que mandem essas pessoas para a prisão por muito tempo – diz Edel.

– Você trabalhou pesado para providenciar provas – comenta o repórter.

– Se Amir, Lo e Vidar não tivessem fugido do lar adotivo e lutado para libertar as mães, nada disso teria sido possível.

– Ouvimos de várias fontes que as crianças foram sujeitas a castigos cruéis e mantidas trancafiadas em um porão sem janelas e sem comida. É verdade? – o repórter quer saber.

– Infelizmente, é verdade. Nenhuma criança deveria ser maltratada dessa maneira. Há bons lares adotivos e esses devem ser mantidos, mas as autoridades precisam se responsabilizar e acabar com esses lares especializados em disciplinar as crianças. Na realidade, o que eles fazem é humilhá-las e destruir a autoestima das crianças. Eu vou lutar para que esses lares sejam proibidos de funcionar.

Uma foto do homem de olhos azuis é mostrada. A polícia ainda não conseguiu capturá-lo. Agora é a vez de ele ser procurado e ter a sua foto estampada em todos os jornais com a legenda de "perigoso" ou algo do tipo, assim como foi com eles. Mas, desta vez, é verdade, pois ele realmente tinha feito tudo pelo que estava sendo procurado.

– Foi dado um sinal de alerta em todo o país e a polícia está fazendo de tudo para encontrá-lo – informa o repórter. – Mas pedimos para a população ficar de olhos abertos e avisar a polícia caso ele seja visto.

A reportagem continua em um porão. No fundo, há um piano, um microfone e uma bateria. E, em um sofá, no canto, há uma turma que Vidar reconhece na hora.

– Por que eles estão na reportagem? – pergunta Lo.

– Flyktsoda[3] é um nome bem apropriado para uma banda que ajuda crianças em fuga – diz o repórter, respondendo à pergunta de Lo.

– Sim – confirma Jocke, sorrindo. – Mas mudamos de nome agora para Amargi Azul.

– Um nome bem incomum. De onde vem?

– Eu não sei, só apareceu na minha cabeça. Depois descobri que significa liberdade e cai muito bem neste momento, já que a banda parou de fugir de sua própria criatividade e está compondo as próprias músicas. Além disso, agora as crianças não precisam mais fugir, estão livres. Vamos ter uma manifestação de apoio no Kungsträdgården, sábado à noite, pelo direito de todos viverem em liberdade.

– Agora queríamos falar sobre Lo, Amir e Vidar – declara o repórter, interrompendo-o.

– Estou falando deles. O show é uma homenagem a eles.

Vidar olha discretamente para Lo e vê que ela está completamente fascinada. Foi bobagem ele achar que seria diferente. É óbvio que ela não tinha perdido o interesse, mesmo sabendo que Jocke não a paquerara de verdade. Os sentimentos de Vidar por Lo não haviam mudado, eram tão intensos quanto antes. Ele não desejava que fosse de outra forma, apesar de saber que seus sentimentos não eram correspondidos.

– Vocês acreditaram sempre nas crianças? Não ficaram em dúvida quando viram as manchetes nos jornais?

– Sentimos quando encontramos pessoas como nós mesmos – responde Jocke. – Somos almas gêmeas, foi o destino que nos uniu.

---

[3] A palavra *flykt*, em sueco, significa fuga. (N. do T.)

– Mas é contra a lei esconder crianças procuradas pela polícia. Vocês não ficaram preocupados com isso?

– A lei nem sempre tem razão – observa Lina. – Precisamos fazer o que achamos certo.

– E, com essas palavras, retornamos ao estúdio – encerra o repórter.

– Obrigado! Agora é a hora da previsão do tempo. Alguns outros fenômenos de luz a serem explicados? – indaga o jornalista, virando-se para o meteorologista, com um sorriso nos lábios.

– Isso não tem nenhuma relação com a previsão do tempo. Segundo fontes muito confiáveis, tratava-se de uma luz vinda de uma nave espacial. Alguém disse que era um UFO.

– Mas discos voadores não costumam ser redondos? Como havia uma luz triangular, então?

Neste momento, tanto o jornalista como o meteorologista começam a rir.

– De volta à realidade agora – diz o meteorologista, ficando sério novamente. – Vamos à previsão do tempo. Teremos um inverno de verdade, com a volta da neve.

Lo vai até a televisão e a desliga.

– Eu pensei que fôssemos invisíveis – diz Amir. – Mas alguém deve ter nos visto. O triângulo iluminado...

– O homem de olhos azuis nos viu. "Uma criatura branca no céu", eu ouvi quando ele pensou – fala Lo. – Deve ter sido a luz da pedra do destino que nos fez brilhar quando seguramos as mãos uns dos outros, pois ainda estávamos invisíveis.

– Isso nós não podemos contar – alerta Amir. – Temos que combinar o que vamos dizer para a polícia amanhã.

Assim eles fazem. Sentam-se e começam a estipular o que irão contar, parte por parte. Não será muito difícil deixar de mencionar que são anjos, mas explicar por que justamente eles foram envolvidos nessa história vai ser muito mais complicado, além de não poderem falar do Portador da Luz. A polícia, com certeza, irá fazer muitas perguntas, mas eles podem dizer que não sabem de nada. Na verdade, é impossível de entender por que alguém faria o que fizeram com eles, especialmente quando se trata de maldades.

Vidar tinha achado que a capacidade de ler pensamentos faria com que ele compreendesse melhor as pessoas, mas tudo parece mais complicado ainda. Ele, muitas ve-

154

zes, não entende nem a si mesmo, apesar de sempre ouvir seus próprios pensamentos. Quando foram examinados, o médico perguntou se ele queria se encontrar com um psicólogo. Vidar disse que não, mas talvez fosse interessante aprender algo sobre a psique humana. Os psicólogos são especialistas nisso. Amanhã ele dirá que quer uma consulta com um psicólogo, mas agora deseja dormir. Está tão cansado e gostaria de poder dormir por uns cem anos e acordar em um mundo onde tudo teria voltado ao normal. Como era antes que todas aquelas coisas terríveis começassem a acontecer, com exceção de ter conhecido Lo e Amir. Ao mesmo tempo, ele percebe que não gostaria que tudo o que aconteceu não tivesse acontecido, nem mesmo a época horrível em que esteve sozinho no Paz Celestial, antes de Lo e Amir chegarem lá, pois, se não tivesse sido mandado para o lar adotivo, não os teria conhecido, e por nada neste mundo trocaria essa experiência.

Amir dormiu a noite toda, tendo o pai ao seu lado, o que lhe dava muita segurança, mas algo havia acontecido. O pai estava tratando Amir de maneira diferente, como se o admirasse por ter salvado o mundo das garras do Portador da Luz. É claro que Amir quer que o pai sinta orgulho dele, mas não gosta de exageros, porém isso deve passar daqui a uns dias. É muito bom estarem juntos novamente. Amir também está se comportando de forma diferente e o pai é obrigado a ver tudo sem poder se intrometer. O garoto passou por momentos muito difíceis.

No quarto do hospital, Amir olha à sua volta. Os outros também tinham acordado. Lo já se levantou e Vidar estava a caminho. As camisolas de hospital que estão usando mostram-se grandes demais para eles, fazendo-os parecerem menores do que realmente são. Amir se sente muito feliz quando pensa que os outros tornaram-se, praticamente, seus irmãos agora. Uma irmã e um irmão mais velhos, assim como ele desejava ter quando era pequeno. Alguém que pudesse lhe mostrar o caminho para a escola e brincar com ele, para que não se sentisse sozinho. Ele, Lo e Vidar tinham feito outras coisas juntos, mas Amir sabe que seus sentimentos por eles são os de um irmão de verdade, ou talvez mais que isso.

– Vai ser bom ir embora daqui – diz o pai. – Tenho saudade da nossa vida de antes.

Amir se sente mal agora, pois não havia pensado nisso. Ele e os outros ficarão separados, pois não são irmãos de verdade, não vivem com a mesma família e não irão morar no mesmo lugar.

Batem na porta, e uma enfermeira entra. Será que precisam fazer mais exames? Mas não é isso desta vez.

— As mães estão aqui — informa a enfermeira dando um grande sorriso.

As mães estão livres!

# EPÍLOGO

Lo, Amir e Vidar estão junto ao palco do Kungsträdgården. As mães e os pais também se encontram ali, assim como Edel e Frans. Cassandra e Stella se aproximam e se juntam a eles. Depois chega Laurentia. Eles estão ali para assistir à banda Amargi Azul tocar. É a primeira vez que todos eles se encontram no mesmo lugar. Ninguém está aprisionado. Ninguém está preso entre o céu e a terra e ninguém está fugindo. A justiça tinha sido feita. Todos estão livres e podem escolher onde querem estar. Justamente agora, querem estar juntos ali.

A banda Amargi Azul está no palco, pronta para começar a tocar.

– Nós escrevemos uma música para Lo, Amir e Vidar. Nossos heróis! – diz Lina, fazendo o sinal da vitória. – Eles lutaram por aquilo que acreditavam e fizeram a justiça vencer! A música se chama "Juntos somos fortes".

Começam a tocar. Os tons seguem o ritmo das batidas de um coração, crescendo e se tornando cada vez mais fortes.

– Você me fez ver – canta Lina, e Jocke continua com a música que fala de liberdade. São lindas palavras, dizem que se deve lutar por aquilo que se acredita, que nunca devemos desistir e que precisamos ajudar uns aos outros. Amir coloca seus braços ao redor de Lo e de Vidar e os aproxima mais de si. Eles se sacodem no ritmo da música. Quando Lina e Jocke chegam ao refrão, eles cantam juntos.

– Juntos somos fortes. Sempre juntos. Fortes juntos.

Eles tinham vencido por aquilo que haviam lutado. O que passaram acabou, mas nada poderá separá-los. Serão amigos para sempre, aconteça o que acontecer. Hoje, amanhã e para sempre.

# A AUTORA

    Sempre fui uma leitora voraz. Histórias emocionantes de mistério e magia eram as minhas favoritas. Depois passei a me interessar também por histórias mais realistas que falassem sobre injustiça. Por isso, era óbvio que a minha primeira série de livros, a trilogia Amargi, seria uma mistura dessas paixões.

    A palavra *amargi* vem do sumério e significa "liberdade"; é a primeira palavra conhecida para esse sentido. Eu a escolhi porque representaria bem o ponto central da trilogia: a luta pela liberdade.

    Além de livros, também escrevo roteiros para a televisão e algo que me interessa muito são as questões relacionadas aos direitos das crianças.

Este livro foi impresso, em primeira edição,
em setembro de 2018, em Pólen 70 g/m², com capa em cartão 250 g/m².